雪东东 著

图书在版编目(CIP)数据

N 冰河时代.大脚雪怪 / 徐斌著.—长春:长春出版社,2010.7
(蝈蝈科普科幻原创系列)
ISBN 978-7-5445-1323-4

Ⅰ.①N… Ⅱ.①徐… Ⅲ.①科学幻想小说—中国—当代
Ⅳ.①I247.5

中国版本图书馆 CIP 数据核字(2010)第 116503 号

著　　者	雪东东
责任编辑	蝈　蝈
封面设计	大　熊
绘　　图	LUNA

出版发行:	长春出版社	总编室电话:	0431-88563443
	发行部电话:0431-88561180	邮购零售电话:	0431-88561177
地　址:	吉林省长春市建设街 1377 号		
邮　编:	130061		
网　址:	www.cccbs.net		
制　版:	洙洙工作室		
印　刷:	长春第二新华印刷有限责任公司		
经　销:	新华书店		

开　本:	880 毫米×1230 毫米　1/32
字　数:	81 千字
印　张:	5.25
彩　插:	22 面
版　次:	2010 年 7 月第 1 版
印　次:	2010 年 7 月第 1 次印刷
定　价:	10.80 元

版权所有　盗版必究
如有印装质量问题,请与印厂联系调换　印厂电话:0431-87923413

目 录

1 第一章
　　基里亚陪同生物学家洛雷塔前往南美洲进行考察，他们在安第斯山脉北端的一条山谷里，发现了几个类人生物。洛雷塔不忍心开枪，结果让他们跑掉了。

9 第二章
　　拉伍德不相信世界上真有什么大脚雪怪，因而不支持洛雷塔成立一支特遣队。洛雷塔相信通过寻找大脚雪怪，可以找到难民们迫切需要的食物。

15 第三章
　　库拉用手势语与地下小怪人拉拉对话，而拉拉看到屏幕上出现的大脚雪怪，竟然吓得晕了过去。他在梦中把大脚雪怪称为"吃肉的魔鬼"。

24 第四章
　　拉伍德决定立即成立一支特遣队，分两组出发，赶赴安第斯山脉北端，一组进入阿加尔塔秘道，一组搜索大脚雪怪的踪迹。

30 第五章
　　库拉在阿加尔塔秘道中的一个山洞里，找到了一辆外表完好的"众神之车"，但是它无法启动。库拉凭借着他的天才设想，奇迹般地使"众神之车"得以复活。

39 第六章
　　库拉转动那个怪鱼雕像，又一条秘道的入口出现在他眼前。一支由十几个地下小怪人组成的队伍向秘道深处进发，但他们很快就狼狈地逃了回来。

47 第七章

搜索大脚雪怪的行动一无所获,库拉决定重回阿加尔塔秘道。吃过海利克的药丸后,秘道中的难民全都昏昏欲睡,一名护卫队员却神秘失踪。

53 第八章

库拉带着拉拉来到那个巨型岩石上,看到了大脚雪怪掳掠地下小怪人的一幕。库拉十分气愤,下令基里亚队长将大脚雪怪迎头拦住。

58 第九章

捕兽套擒住了一只大脚雪怪,基里亚却失足落进地下暗河里。他一连开枪打倒了三只大脚雪怪,其他雪怪却悍然不退,逼迫他纵身跃进一个洞穴中。

66 第十章

库拉通过地下小怪人拉拉,弄懂了那只被俘的大脚雪怪吼叫声的含义。为了避免人员伤亡,库拉提议放掉那只被俘的大脚雪怪。

73 第十一章

基里亚队长在山洞里与两只大脚雪怪不期而遇,他解救了两名被大脚雪怪掳去的人。如果不是库拉带人及时赶到,他们将再次落进大脚雪怪的魔掌。

80 第十二章

尽管洛雷塔和布莱克做了很多工作,后勤基地还是遭到了大脚雪怪的偷袭。洛雷塔为了保护拉拉,竟然丧命在大脚雪怪的魔爪下。

90 第十三章

基里亚队长率领四名全副武装的护卫队员闯进大脚雪怪的地下巢穴,他要把这些吃人的恶魔全都消灭干净,为尊敬的洛雷塔博士报仇雪恨。

96 第十四章

地下小怪人打了一场歼灭战,消灭了逃进秘道里的一伙大脚雪怪。他们把一些褐色的东西送给基里亚,好像是送给他的礼物。

102 第十五章

一伙大脚雪怪在后勤基地中现身,但是他们并没有发动攻击,而是仓皇逃窜。基里亚队长指挥直升机追踪而去。

107 第十六章

大脚雪怪跑进太平洋面上的"雪胡同"里。库拉赶到后,用手势语与他们对话。大脚雪怪居然齐刷刷地跪倒在冰面上,请求人类的饶恕。

114 第十七章

最早清醒过来的一批难民冲出阿加尔塔秘道,准备找地下小怪人索要食物。地下小怪人用灼热的石头堵死了难民的归路,把他们逼进寒气逼人的山洞里。

120 第十八章

一个地下小怪人用手势语告诉库拉,他们的首领准备与他会面。为了救出那些被困的难民,库拉毅然赴约,走进一条冒着寒气的山缝。

127 第十九章

库拉万万没有想到，他见到的地下小怪人的首领竟然会是拉拉。在讲完自己脱险的经过后，拉拉答应很快就放掉那些难民。

133 第二十章

费雷佐提议马上进入太平洋近海海底，寻找地下小怪人所食用的海藻。库拉顾忌拉拉的安全，不想同意这个提议，但是他又无法表示拒绝。

139 第二十一章

地下小怪人用滚烫的石头塞住了秘道，使基里亚等人无法通过。库拉一个人穿过这条"封锁线"，朝着秘道深处走去。

144 第二十二章

在费雷佐的指挥下，一个小小的诡计就冲破了地下小怪人设置的"封锁线"。基里亚没有跟费雷佐往前走，而是回过头去寻找拉拉。

151 第二十三章

库拉为地下小怪人找到了一条取食的安全通道，他正准备把这个消息告诉给拉拉时，却发现拉拉已经被他的同伴再次判处了"死刑"。

159 尾声

地球进入地质史上的第N个冰河期后,传说中的大脚雪怪突然屡屡现身,他们具有食肉动物的残忍和勇猛,给无助的人类带来新的威胁。正当人们为此而恐惧不安的时候,"伊甸园"特别行动组的专家们却对大脚雪怪产生了浓厚的兴趣……

洛雷塔的手刚抓起小个子的一只脚,他突然苏醒过来,猛地一个翻身跳起来,发出一声吼叫,朝着洛雷塔扑过来。他摇晃着双臂,张着血盆一般的大嘴,露出尖利的门牙,好像要把洛雷塔一口吞下肚去。

第一章

<u>基里亚陪同生物学家洛雷塔前往南美洲进行考察,他们在安第斯山脉北端的一条山谷里,发现了几个类人生物。洛雷塔不忍心开枪,结果让他们跑掉了。</u>

一架太阳能直升机沿着加勒比海岸向前飞行。

在驾驶员的位置上坐着基里亚队长,生物学家洛雷塔坐在他后边。在阿加尔塔救援行动中,他们两个人结成了生死之交。这次洛雷塔提出要进行环南美洲考察,基里亚非要跟着他来。

基里亚驾驶的这架飞机是由美国军方的侦察机改装的。自从发现阿加尔塔秘道后,美国政府对国际救援组织的态度来了个大转弯,变得异乎寻常地热情,要人给人,要物给物,国际救援组织的装备本来就是世界第一流的,如今更如猛虎添翼,变成超一流的。

就拿这架直升机来说,它的机头、机腹、机身和机尾都安装着望远镜头,同时带有自动成像功能,地面上不管出现什么情况,只要进入它的活动半径,全都能如实记录下来。洛雷塔坐在机舱里,前面和左右两侧全是高清屏幕,地面上的情况尽收眼底。尽管如此,他的胸前还是挂着一副高倍望远镜,时不时地举起来看上一两眼,顺便调整一下坐姿。

直升飞机进入安第斯山北段。这条纵贯南美大陆的山脉与海岸走向一致,无数的冰峰雪谷连绵逶迤,构成了一个壮观的白色世界。冰河期没有来临前,安第斯山脉与蔚蓝色的太平洋形成了宏大的呼应,一白一蓝,一动一静,用上帝之手描绘出了大自然的奇景。如今,烟波浩渺的太平洋已经失去了万顷波涛,靠近海岸的部分全都被积雪覆盖,与陆地连为一体。大洋中部也到处是积雪,但是在季风的强烈搅动下,冰面上出现了一条条宽阔的"雪胡同"。

洛雷塔这次来南美考察,就是想了解一下这些"雪胡同"的下边是否还有生物在活动。尽管地球经历了整个地质时期中最寒冷的时段,但地球并没有被冻成一个"冰坨子"。尤其是水深超过千米甚至万米的大洋,不可能全

部冻透。热力学家库拉还提出一个大胆的设想,当阳光透过某处冰面时,会使热量自然聚焦,在大洋表层形成一个相对高温区,这里应该有生物在活动。如果真的有这样一个"海上绿洲",那真是人类的福音,人们可以凿开冰面,捞出鲜活的鱼虾,补充人类日渐匮乏的食物。那些进入阿加尔塔秘道的难民们虽然不再受冻,但他们需要源源不断的食品,而像现在这样全靠外部供应,显然不能维持长久。

"那是什么?"洛雷塔和基里亚几乎同时叫出声来。

在他们前方大约一千米处的一条"雪胡同"里,有三个很醒目的黑点。那是什么东西?没等洛雷塔发话,基里亚已经迅速降低直升机的高度,飞进那条"雪胡同"里。

基里亚驾驶着直升机来回飞了两趟,洛雷塔睁大眼睛盯着屏幕,不断调整着局部画面的放大倍数,到底还是没有搞清这些黑点是什么。基里亚索性尝试着把直升机降落到冰面上,洛雷塔拴好保险绳,从机舱里走出来。

走到一个黑点前,洛雷塔不由得睁大了眼睛。他竟然看到了一个鲸鱼的头。这是一头灰鲸,体重达到30多吨,在鲸鱼家族中堪称庞然大物。它整个被冻在一个大冰块里,又被雪蒙住了,成了一座小雪丘。估计它有可能在洄游途中,突遇寒流,跟它的伙伴一起被冻在冰面上。

不知什么人除掉了它身上的积雪,又砸碎了裹在它身躯上的冰,露出它的一部分躯干来。

洛雷塔看到,就在灰鲸露出来的身体上,出现了好几个大洞。洞里空空如也,深达鲸鱼的骨骼。这就是说,洞里的肉全都被割走了。洛雷塔仔细观察洞的边缘,发现非常光滑而齐整,这说明割肉的工具一定是锋利的刀具。什么东西想吃灰鲸的肉?难道是人吗?

洛雷塔走到另外两个黑点前,它们也是被冻住的灰鲸。同样,它们身体上的肉也被割走了很多。

忽然,洛雷塔的目光被一个硕大的脚印吸引住了。它就印在"雪胡同"前端的雪地上。他用手量了量,这个脚印足有两英尺长,宽有一英尺。在洛雷塔的记忆中,世界上任何一种生物都没有这么大的脚。他赶紧用照相机把它照了下来。

洛雷塔又往前走了几步,在雪地上又发现了一个同样大小的脚印。再往前走,又看见一个。他心中一动,立刻登上直升机,吩咐基里亚沿着大脚印指示的方向飞。

这些脚印一直通向岸边,那里是安第斯山北段山脉插入海中的地方。这一带没有崇山峻岭,但山峦起伏,地形变化很大,积雪掩盖住了所有的坑坑洼洼,谁也不知道哪里会成为吃人的陷阱。

直升机飞到岸边,就看不见那些大脚印了,它们消失在岸边的一条山谷口前。按照常识判断,山谷风卷起地面上蓬松的积雪,很快就会把这些脚印掩埋得干干净净。

"咱们沿着山谷往里飞。"洛雷塔果断地说。

基里亚答应了一声,直升机的旋翼略微倾斜了一下,就像一只大鸟似的振翼而下。

洛雷塔没有再盯着屏幕,而是举起高倍望远镜,朝着前方的地面仔细地搜索着。直升机上安装的望远镜头尽管拥有极其优越的性能,但它们再怎么优越,都避免不了死角,在高速飞行中更是这样。洛雷塔相信他的望远镜,用它或许能发现一些转瞬即逝的蛛丝马迹。

基里亚在美国军队中服役时,有过上千个小时的直升机驾驶经验,他还是个神枪手,弹无虚发。他这次执意要跟洛雷塔来南美,就是相信以他的专业的军事技能可以帮上洛雷塔的忙。他的技能果然有了用武之地。前方的山谷出现了一个近乎马蹄形的拐弯,遇到这种地形,一般的飞行员只能知难而退,否则就有可能碰到岩壁上。而直升机到了基里亚手上,就像航模一样,一个灵巧的盘旋,就把那个马蹄形拐弯甩到了身后。

直升机刚刚拐过弯来,洛雷塔的望远镜中就出现了几个影子。他们正在谷底向前奔跑,速度非常快,脚下的冰雪似乎对他们来说毫无阻碍。洛雷塔数了数,他们一共有六个。有五个跑在前边,一个落在后边。从身形上看,落在后边这一个比较矮小,或许是个孩子,气力不够,就跑得不那么快。跑在前边的那几个时不时地停下来等他,还有一个回过身来拉他。当他们听到头上传来一阵阵轰鸣声时,全都吓得不知所措,连滚带爬地钻进雪堆里不见了踪影,只把那个小个子留在了外边。

基里亚一个紧急加速,直升机一下子就凌空飞越到那个小个子的前边,在狭窄的谷地里来回盘旋着,搅起漫天的雪雾,打得那个小个子根本睁不开眼睛,动弹不得。基里亚又让直升机悬空不动,却加大了旋翼的转速,那个小个子根本抵抗不住这巨大的气浪,一个趔趄就栽倒在雪窝里。

"好样的!"洛雷塔对着基里亚伸出一个大拇指,"你把他弄晕了!"

说着,洛雷塔从机舱里找出一段绳子,他想把那个小个子生擒活捉。作为生物学家,他深知活体标本的重要性。如果要想证明某种生物还存在于世上,活体是最不容置疑的证据。

洛雷塔试探着走到他的身前,见他没有任何反应,胆子大了起来,把手伸到他的鼻孔底下,还能感觉到微弱的

气息。太好了!他还活着。看来他确实是晕倒了。事不宜迟,他掏出绳子,就要把他的双脚捆住。这双脚实在大得不同寻常,上边长满了褐色的毛发,一直覆盖到脚面。但是它只有三个脚趾,全都一般大,这跟人类的脚大不相同。

洛雷塔的手刚抓起小个子的一只脚,他突然苏醒过来,猛地一个翻身跳起来,发出一声吼叫,朝着洛雷塔扑过来。他摇晃着双臂,张着血盆一般的大嘴,露出尖利的门牙,好像要把洛雷塔一口吞下肚去。

洛雷塔急忙后退,躲过了小个子迎面扑来的一爪。基里亚见势不妙,连忙使劲拽了一下拴在洛雷塔身上的保险绳,洛雷塔借着这个力量,来了几个后滚翻,回到直升机的机舱门口。基里亚伸出一只手来,把他扯了进去。

直升机像一只受惊的兔子蹿向空中,地面上气流的力道立即减弱,那个小个子回过神来,又向前跑去。

基里亚用激光瞄准镜牢牢地套住小个子的后心,转过头来对洛雷塔说:"我保证一枪毙命!怎么样?"

"不行!千万别开枪!"洛雷塔急忙阻止道。洛雷塔是个天生的乐天派,整天笑容满面,唯独他进入国际救援组织的生物标本室时,脸上才会褪尽笑容,露出悲戚的神色。这个世界曾经有过成千上万的物种,共同维护着地球的繁荣,支持着生命的进化。可是如今,除了人类之外,地球上的生物几乎消亡殆尽,能够静悄悄地待在标本室里的,也许成了最走运的。拉姆发现了地下怪人,曾让洛雷塔激动不已。现在又在地面上发现了类人生物,更让洛雷塔对生命的未来产生了无数的憧憬。他怎么能让一粒子弹打碎自己的希望呢?

基里亚似乎看破了洛雷塔的心思,就说:"我一枪打断他的腿,让他跑不动。"

洛雷塔相信基里亚说到就能做到,但是他还是下不了决心。类人生物和人类是远亲,对自己的远房亲戚开枪,只是为了抓到一个供研究用的标本,这个扳机能扣得下去吗?

"快!他快跑没影了!"基里亚焦急地催促道。

洛雷塔毅然转过头来,什么话也没有说,只是在地图上标出一组详细的经纬度数字。然后,他打开音频装置,呼叫"伊甸园"特别行动组的指挥中心:"16号报告,在安第斯山脉北段入海处发现不明生物,疑似传说中的大脚雪怪。"

第二章

拉伍德不相信世界上真有什么大脚雪怪,因而不支持洛雷塔成立一支特遣队。洛雷塔相信通过寻找大脚雪怪,可以找到难民们迫切需要的食物。

在佛罗里达世界救援组织圆形广场,正对着克鲁依格冰雕的对面,有一幢三层小楼。它与这里的其他建筑毫无二致,但它却是世界救援组织的中枢神经所在,拉伍德先生的办公室就设在这座小楼里。

走进拉伍德先生的办公室,立刻给人一种温馨的感觉,这是冰河时代里在地球上别的地方很难感受到的。这间办公室不太大,与美国总统设在白宫里的办公室相仿,但它的房顶是透明的,昼夜循环的海水经过太阳光的加温,给室内提供了充足的热能。拉伍德先生的办公桌上摆着一盆盛开的雪莲,悄悄地散发出淡淡的香气,弥漫了整个房间。

"拉伍德先生,我可以进去吗?"洛雷塔的头像出现在拉伍德对面的一个巨大的电子屏幕上。

"欢迎你回到佛罗里达,我的英俊的小伙子!"拉伍德像往常一样,每逢开口就伴随着琅琅的笑声。

一扇装在墙壁里的侧门毫无声息地滑开,洛雷塔走了进来,它又无声地关上了。这是一个绝对隔音的房间,它那特制的墙体能够屏蔽所有的信号,即使有人在这里装了窃听器,也休想把声音传出去。

"我知道你找我干什么?"拉伍德开门见山道。"你一回来,布莱克就给了你一份材料,对不对?不用拿出来,我这里也有一份。"

拉伍德随手按了一下面前的键盘,侧面的墙壁便变成了一个大屏幕上,跳跃出一段无声的画面。这是拉伍德的故意安排,他有话要说。

"这是埃及。"屏幕上出现了举世闻名的金字塔的画面。昔日的金字塔周围是一眼望不到边的茫茫黄沙,现在却成了一片皑皑雪原。金字塔被丢到这样的背景里,竟然成了一个依稀难辨的剪影。

"埃及地处热带,即使地球进入了冰河期,这里的气

温也高于别的地方。假如有大脚雪怪,这里是最不适合他们生存的地方。可是我们的埃及分部却传来了发现大脚雪怪的消息,还有画面。"拉伍德就坐在洛雷塔的对面,可是他的声音却仿佛是从一个遥远的地方传来。

"这个消息很快就被证实是假的。你看,"拉伍德顺手指了一下大屏幕,上边出现了十几个背靠着墙站立的埃及汉子,他们的脸上画满了黑道道,脚下堆着褐色的皮袍,"原来是一些不法之徒假冒大脚雪怪,抢劫救援分部的物资。"

"这是阿尔卑斯山脉南麓的少女峰。"屏幕上出现了晨光中少女峰的剪影。昔日的少女峰雪线以下绿树郁郁葱葱,青草漫山遍野,好像少女穿着绿色的百褶裙;雪线以上一片洁白,亮晶晶的冰川光彩夺目,如今这里整个成为一个冰雪世界了。

"阿尔卑斯山区有过雪人的传说,如今又有人拍摄到了雪人的脚印。"拉伍德用手指了一下大屏幕,上边出现了一个大脚印。"你仔细看看,这里边有什么名堂。"拉伍德顿了一下,见洛雷塔没有做声,又接着说:"还是聪明的布莱克发现了破绽。类人生物身体的前倾程度要比人类严重得多,他们在行走时,身体的大部分重量都落在脚掌的前部,这样一来,脚印的前部就肯定比后部深。而画面上这个脚印却是前后一般深。很显然,这是某个好事之徒伪造的。"

"这是世界第三高峰干城章嘉峰。"屏幕上出现了并肩而立的四座雪峰,在阳光的照耀下,它们就好像戴着银冠的四尊佛像,全身披挂着金色的袈裟,显示出"雪山之尊"的威严和风采。"这里是雪人传说最盛的地方。有关雪人存在的证据不断出现,有照片,有皮毛,有脚印,还有人声称与雪人打过照面。我们的一个秘道勘探小组现在就在这一带活动,进入的山洞大大小小有几十个,却没有见到雪人,也没有收集到任何能够证明雪人存在的证据。"

洛雷塔终于听明白了,拉伍德绕了这么大一个圈子,就是想说明他不相信世界上有什么雪人,也不相信洛雷塔的这次奇遇。洛雷塔来时是兴冲冲的,他以为拉伍德一定会支持他成立一支特遣队,前往南美大陆,彻底揭开雪人之谜。现在看起来,他只是一厢情愿了。

"洛雷塔博士,你的专业精神令人赞叹。"拉伍德依然和颜悦色地说,"但是我不希望你在科学研究上误入歧途。我知道在喜马拉雅山区的雪线之上,很可能生存着一种无名的高原动物,它们有着猿类一样的身材,非常高大,身上覆盖着厚厚的灰白色的毛,长着一张和人差不多

的脸。它们行动极快,有时会在厚厚的积雪上留下一串足迹。当地的夏尔巴人称之为'夜帝',意思是'居住在岩石上的动物',还称它为'干城章嘉峰魔鬼'。我记得有位女作家吉尔宁写过一部《雪人和它的伴侣们》的探险记,信誓旦旦地声称她跟雪人在一起生活了一段时间。但后来怎么样了?有人证明吉尔宁是在撒谎。当年意大利著名登山家莱因霍尔德·梅斯纳花了12年的时间来研究雪人,最终他得出结论,所谓的雪人,只不过是喜马拉雅山的棕熊而已。"

洛雷塔尽管对拉伍德心里有气,却不能不在暗中佩服这位老者广博的知识。他从来没有专门研究过生物学,却对这一领域的许多掌故如数家珍。

"我还记得有一位希腊摄影师在干城章嘉峰下拍摄到一些大脚印,脚趾的形状清晰可辨,以为是雪人留下来,就冲洗出来,准备拿到报纸上发表。他的夏尔巴人向导见了忍不住笑出声来。那个摄影师问他笑什么,他抬起一只脚,摄影师看到他的靴子底磨得很薄,快要漏了。他在雪地上一走,就把脚趾印留在上边。"

失望的洛雷塔脸色阴沉下来,但他还是控制住了自己的情绪,压低声音说:"我真后悔没有让基里亚开枪,不然就可以把一个活的雪人带到你的办公室里来。"

"洛雷塔博士,我必须提醒你,"拉伍德的声音中透露出严重的不满,"我们这里是世界救援组织,不是雪人搜捕队,更不是探险家的大本营。你的任务是尽快在当地找到食物来源,进入阿加尔塔秘道的几十万难民在嗷嗷待哺。把你的什么大脚雪怪丢到太平洋里去吧!"

洛雷塔腾地一下站了起来:"拉伍德先生,我只跟你说一句话。我敢肯定大脚雪怪确实存在,他们很可能是食肉动物,和我们人类同样处在食物链的最高端。如果没有一条完整的食物链,他们绝对活不到今天!"说完,洛雷塔头也不回地离开了拉伍德的办公室。

第三章

库拉用手势语与地下小怪人拉拉对话,而拉拉看到屏幕上出现的大脚雪怪,竟然吓得晕了过去。他在梦中把大脚雪怪称为"吃肉的魔鬼"。

洛雷塔走到圆形广场前,放慢了脚步。他转到克鲁依格冰雕的正面,冰雕基座上的那个号码"15"还在,那是库拉刻上去的。洛雷塔的眼前不禁浮现出拉姆的身影。他和拉姆接触的机会不多,但是拉姆执著的精神让他感动,在绝境中拉姆竟然凭借着顽强的意志,创造出难以想象的奇迹。和拉姆当初的处境比起来,他现在遇到的困难实在算不了什么。想到这里,洛雷塔的精神再度振作起来。他要再去一趟拉伍德先生的办公室,争取赢得这位老者的支持。

不知什么时候,库拉站在了他的身边。

自从回到世界救援组织总部后,特别行动小组的成员们就很难见到他的影子了。只有每天下午这个时候,他才会像从地下秘道里冒出来一般,来到克鲁依格冰雕前,默默地站一会儿,又突然消失了。

在这段时间里,唯一能跟他说上话的就是布莱克。库拉经常有些事情要布莱克帮忙,而布莱克总是有求必应,只是那些忙布莱克帮得莫名其妙。比如库拉让布莱克为他搞一个电子头盔,从里边能够接收到外界的声光信号,还能向外部发射声光信号。如果说搞这个东西还是科学家所为,那么库拉让布莱克帮他用天然毛皮和增温材料缝制两个小袋子,完完全全就是家庭妇女的手工活了。布莱克就是想破脑袋,也猜不透他究竟想干什么。

直到今天,布莱克的这些疑问才被破解。洛雷塔看到库拉左手牵着一个小矮人,只有正常人身高的一半。他的头上戴着一个头盔,外边伸出两根短短的天线,好像蜗牛的触角。这应该是布莱克帮他搞的那个电子头盔吧!小矮人的脚上套着两个大大的袋子,这也应该是布莱克的杰作。小矮人的身上穿着一件太阳能增温衣,衣袖上缀着一个"15"的号码。

洛雷塔心头一亮。这不是拉姆留下来的那件太阳能增温衣吗?哦!他一下子想明白了,这个小矮人就是那

洛雷塔看到库拉右手牵着一个小矮人,只有正常人身高的一半。他的头上戴着一个头盔,外边伸出两根短短的天线,好像蜗牛的触角。这应该是布莱克帮他搞的那个电子头盔吧!小矮人的脚上套着两个大袋子,这也应该是布莱克的杰作。小矮人的身上穿着一件太阳能增温衣,衣袖上缀着一个"15"的号码。

个地下小怪人,拉姆给他取名叫拉拉。

库拉俯下身去,对拉拉叽里咕噜地说了几句什么,还打了一些手势。拉拉一边打手势,一边回话。洛雷塔还记得拉拉说话的声音好像一连串嗷嗷的怪叫,分不出个数来,可是现在从电子头盔里传出来的声音却柔和多了,甚至能听出高低节奏的变化。

库拉转过身来对洛雷塔说:"拉拉说谢谢你。说谢谢你还记得拉姆。"

"你能听懂他说话了?"洛雷塔惊喜地问道。

"我曾经像你一样,总想着用什么办法听懂他说话,其实这是个错误。"库拉做了个手势,拉拉立刻乖顺地搂住他的腰,趴到他后背上,就像一只活泼的小猴子。"最初人类还不会使用语言的时候,彼此之间怎样沟通呢?对!用手势。手语最丰富的就是聋哑人。"

库拉不再往下说了,他不想告诉洛雷塔,他已经基本搞清楚了脑脑对话的奥秘,如果是两个人,对方用不着说一句话,另一方就能知道他在想些什么,而且可以显示在电子屏幕上。但要想与地下小怪人实现脑脑对话,还有几个难点需要攻克。不过,洛雷塔已经猜想到了,这些天库拉一直在学聋哑人的手语。没有人教,他只能照着书本学,辛苦姑且不论,除了像库拉这样绝顶聪明而且意志坚定的人,没有谁能在这么短的时间里就掌握了手语,还创造性地运用到与拉拉的沟通上。难怪在"伊甸园"特别行动组的30位专家中,拉伍德先生最佩服的就是这位库拉博士。

洛雷塔心中暗想,要是库拉能够站到自己这边来,他们两个一起出面,说服拉伍德先生的可能性就会大大增加。

库拉也不打声招呼,拉起拉拉的手转身便走,洛雷塔赶紧跟了上去。

走了几步,库拉突然停了下来,指着地面对洛雷塔说:"看看大脚雪怪的脚印。"

地面上有一串大大的脚印,那是拉拉留下的。看来,库拉也不相信有什么大脚雪怪,所以才拿这个开洛雷塔的心。洛雷塔不但没有生气,反倒笑了起来,看来库拉对自己的这次奇遇非常了解,很可能布莱克知道的事情他全都知道,说不定拉伍德先生还征求过他的意见。这样也好,免得自己浪费口舌了。

又走了几步,库拉再次开口说道:"我不关心什么脚印,这种东西是可以伪造的,我只对你发现大脚雪怪的地点感兴趣。那里离阿加尔塔秘道有多远?大脚雪怪与阿加尔塔秘道之间会不会有什么关联?如果我的朋友拉姆

还活着,他会怎么想?又会怎么做?"

库拉的话让洛雷塔茅塞顿开。大脚雪怪虽然皮粗肉厚,却不可能整天生活在冰天雪地里,以他们的智力水平,完全可能找一个洞穴藏身。这样一来,他们就有可能误闯进阿加尔塔秘道,也有可能遭遇到地下怪人。假如这个推测成立的话,拉拉就应该认识这种生物才对。

想到这里,洛雷塔不禁有些冲动,也不跟库拉解释什么,拽着库拉就走。

他们一路小跑来到"伊甸园"特别行动组的指挥中心。别看拉拉个子小,却很灵活,跑起来手脚并用,还跑到了他俩的前边。

"布莱克,赶快把那段大脚雪怪的录像调出来!"洛雷塔一进指挥中心的大门,就冲着布莱克大叫大嚷起来。

"急什么?"布莱克嘴上这样说着,手上却片刻不闲,他面前的电脑屏幕上很快就出现了洛雷塔离开直升机走向大脚雪怪那一幕。

"把画面放大!把音频装置打开!调高亮度!"洛雷塔连声叫道。

实际上,根本用不着洛雷塔嘱咐,布莱克已经把这些都做完了。屏幕上出现了那个小个子雪怪的面部特写,他那张血盆一般的大嘴和尖利的门牙,几乎占据了整个屏幕,他发出的吼叫声并不太高,但很是瘆人。

就在这时候,又响起来一声惨叫,与那个雪怪的叫声很是相像。这是拉拉发出来的。他一边叫一边躲到库拉的身后,紧紧地搂住他。库拉能够清晰地感觉到他的身体在剧烈地抖动着。

"拉拉,你怎么了?"库拉把手举到拉拉的眼前,隔着头盔对他做出一连串的手势,但是拉拉紧闭着双眼,不管库拉怎么呼叫,他都没有任何反应,就好像晕了过去。

库拉歪头想了一会儿,喊来了海利克医生:"试一试你新发明的催眠剂。注意用量,不能让他昏睡过去,最好能进入似梦非梦那种状态。"

"30分钟以后。"海利克医生一挥手,有人推来一辆白色的平板车,把拉拉平放在上边,推进了海利克的工作室。

"我想,拉拉很有可能见过这种……"洛雷塔试探着说。

"等30分钟!"库拉粗暴地打断了洛雷塔的话头,闭上眼睛不说话,好像他自己已经被施了催眠术。

布莱克把洛雷塔拉到一边,示意让库拉一个人静静地思考。

洛雷塔坐到布莱克的工作台旁,想看看布莱克是怎

么工作的,借以分散一下注意力,打发掉那漫长的半个小时。没有想到不大工夫,他就被搞得眼花缭乱。布莱克的工作台前后左右每个方向都有电脑屏幕,它们按照主电脑的指令,时而伸出,时而缩回。屏幕上的画面有大有小,有时候一个屏幕被好几个小画面所分割,有时候几个屏幕的画面叠加到一起,组成一个大画面。这里的电脑都有音频装置,但一般情况下不打开,只有五颜六色的指示灯在不停地闪烁。

忽然,布莱克右手边的一个屏幕猛地伸出来,屏幕下方的红色指示灯发出刺眼的光亮。布莱克的眉头皱了起来,递给洛雷塔一副耳机,示意他戴上。与此同时,不知从哪儿伸出一个屏幕,正好停在洛雷塔的前方。

"阿加尔塔秘道运输队32号飞行员在返航途中发现异常情况。"屏幕上跳出一架运输直升机的机头部分,那位32号飞行员正压低机头,向地面盘旋下降。从空中俯视,下边的山谷里有一团模糊的黑影。它一动不动,显然不是活物。随着运输直升机距离地面越来越近,洛雷塔渐渐看清了那是三个没有连在一起的物体。再近些,他能分辨出这是三个人形物体。对,肯定是人!因为他们都穿着太阳能增温衣。中间那个仰面朝天,他身上的太阳能增温衣已经被撕得稀巴烂,里边的躯体不见了,只留下一个完整的头颅。

屏幕上出现了这个头颅的特写。洛雷塔一下子认出来了,他就是那位美军特种部队的罗伯特·金斯利少将。另外两具尸体是他的保镖,也跟金斯利少将一样,只剩下了一颗脑袋。

金斯利少将死了!洛雷塔暗自庆幸。金斯利少将是被什么东西吃掉的?想到这里,洛雷塔不寒而栗。莫非是大脚雪怪……

"走吧!洛雷塔博士。"库拉的一声招呼,把洛雷塔唤到现实中来,他使劲摇晃了一下脑袋,紧走几步,跟上了库拉的步伐。

海利克医生没有让他俩进入自己的工作室,但他俩隔着一道透明的玻璃幕墙可以看到被固定在床上的拉拉,也可以通过对讲设备与拉拉对话。

拉拉的头盔和脚套都被摘掉了,太阳能增温衣也被脱掉了,从头到脚布满了各种各样的导线,它们都连接到一台显示仪上。引人注目的是,他的手里握着一块"石头"。这块"石头"实际上是一个热能传感器,可以任意调节温度。拉拉还是紧闭着眼睛,但是他那只握着"石头"的手却在动,不停地把它贴向身体的各个部位。

洛雷塔把目光移到显示仪上,看到上边出现了一条

很平稳的波纹。"这是拉拉的脑电波纹,如果翻译成人类的语言,那就是我现在很愉快。"海利克的声音从对讲机里传出来,但是洛雷塔看不到他人藏在什么地方。

"现在我要降低那块'石头'的温度。"海利克的声音又响了起来。

拉拉的手指很快就松开了,但那块"石头"就贴在他身上,他怎样退缩也躲不开。显示仪上的波纹开始上下晃动起来。

"太冷了!我很难受!"海利克当起了拉拉的翻译。

那个小个子雪怪的面部特写出现在显示仪上。"我现在准备把这个图像载入他的脑电波。"海利克医生说。

不大工夫,拉拉的身体就剧烈地抽搐起来,面部的肌肉紧缩成一团,显示仪上的波纹猛地摇晃起来,仿佛随时都会蹿到屏幕的外边去。

"停止载入!"海利克医生急忙下达指令。

洛雷塔实在等不及了,对着对讲机叫起来:"海利克,刚才他说什么?"

过了好大一会儿,海利克的话才一个字一顿地传过来:"吃肉的魔鬼!"

洛雷塔和库拉对望了一眼,都觉得有话要说,却一时不知说什么好。

第四章

<u>拉伍德决定立即成立一支特遣队,分两组出发,赶赴安第斯山脉北端,一组进入阿加尔塔秘道,一组搜索大脚雪怪的踪迹。</u>

洛雷塔再一次走进拉伍德先生的办公室。与上次不同,这一次是拉伍德主动请他来的,而且还请了库拉与他一道来。

拉伍德满面春风地迎接洛雷塔和库拉的到来,还破例给他俩都倒了一杯咖啡,仿佛他和洛雷塔之间根本没有发生过什么不愉快,这反倒让洛雷塔感到一丝不快。

就在洛雷塔见到金斯利少将惨死的情景后,他就预见到拉伍德这个老头儿会改变主意。一个美军特种部队的少将死在异国他乡,而且死法那样恐怖,身为三军统帅的美国总统不会置之不理。然而,金斯利少将是以世界

救援组织的名义进入哥伦比亚的,现在只有世界救援组织有理由出面管这件事情。阿加尔塔秘道救援行动结束后,美国政府和世界救援组织的关系明显改善,美国总统一定会请拉伍德帮这个忙,而拉伍德绝不会不答应。

果真让洛雷塔猜个正着。他俩刚一落座,拉伍德就以他一贯的谈话风格直奔主题而去:"我准备成立一支特遣队,由你们俩带队,布莱克负责通讯联络,再加上海洋学家费雷佐,即刻前往哥伦比亚。"

"我们就不管阿加尔塔秘道中那些难民的吃喝了吗?"洛雷塔语带讥讽地说。

"小伙子,别自作聪明!"拉伍德的脸色一下子变得很难看,令洛雷塔心头一震。以拉伍德先生的涵养,一句讽刺不会让他如此大动肝火,一定还有别的事情。

"目前,阿加尔塔秘道中的几十万难民已经安顿下来。但是我们所说的安顿,只是他们冻不死、饿不死,这种状况无法长期维持下去,我们的运输力量和食物供给力量都是有限的,总有我们力所不及的那一天。这一天早晚会来,到时候我们怎么办?"

拉伍德先生用刀子一样的目光扫视着库拉和洛雷塔,他俩对望了一眼,谁也没有做声。

"更何况人和动物不同,吃饱了喝足了就一定要有事情做。根据已经传回来的统计数字,阿加尔塔秘道的难民中已经发生多起打架斗殴事件,死伤了160多人,还发生了26起自杀事件。看来,地下生存是一个系统工程,远比我们设想的复杂得多。我知道你们不是社会学家,但是你俩应该担负起社会学家的责任。"

库拉和洛雷塔对望了一眼,还是谁也没有做声。

"我的计划是这样的,"拉伍德先生停顿了一下,接着说,"先派库拉和布莱克带一个小组前往阿加尔塔秘道,设法恢复秘道内难民的生活秩序。我可以给你们争取到一个月的时间。记住,只有一个月!"

库拉站起身来,极其严肃地说:"我们立刻做好出发的准备,只等您一声令下,拉伍德先生。"

"如果你们不想动身,我这道命令是无论如何不会下的。"拉伍德打开对讲机的开关,说:"基里亚队长,准备得怎么样了?"

"一切准备完毕!"

"那好,带上你的人马,跑步到我这里来一下。"

五分钟过后,一支全副武装的队伍鱼贯而入,领头的就是基里亚。他向拉伍德敬了一个标准的军礼:"美军海军陆战队前中校军官基里亚奉命前来报到!"

拉伍德站起身来,严肃了回了一个礼:"从现在开始,

你和你的部下只有一个任务,就是绝对保护特别行动组四位专家的人身安全。我们失去了伟大的拉姆博士,再也不能失去任何一个人了!"

"是!"基里亚干净利落地答道,随即率领他那支队伍站到了库拉的身后。

"我的英俊的小伙子们,祝你们好运!"拉伍德挥手与他们告别,脸上再次浮现出惯常的笑容。

从拉伍德的办公室里出来,库拉找个机会把基里亚叫到一边,让他说一说事情的来龙去脉。基里亚知道的东西并不多,他只是奉拉伍德之命,召集了20名美军海军陆战队的退役官兵,这些人全都经受过特种训练,有过实战经验,个个身手不凡。这些人的装备都是美军提供的,基里亚看过后,认定它们都是美军特种部队的专用装备。基里亚听说,拉伍德为了这次行动,接受了美国总统的慷慨捐赠,但拒绝了他派兵随行的建议。库拉心里明白,拉伍德是害怕再来一个金斯利少将,惹出致命的麻烦。

库拉走后,拉伍德按了一下面前的键盘,对面的大屏幕上出现了干城章嘉峰陡峭如刀的山崖。"这是世界第三高峰干城章嘉峰,洛雷塔博士,我已经请你看过一次了。当时我说过,我们的一个秘道勘探小组正在这一带活动。说这话的时候,他们全都安然无恙,而现在……"

"他们都是英俊可爱的小伙子呀!"停了好长一段时间,拉伍德才继续说下去。"我们动用了所有最尖端的手段,都没有寻找到他们的任何生命迹象。你们都知道这意味着什么。我这里只有他们传回来的最后一段画面。"

洛雷塔和库拉同时转过头去,在对面的大屏幕上,出现了一个黑糊糊的山洞。洞口在摇摇晃晃中越来越近,很显然这是在行进当中用微型电脑的视频装置拍摄的。突然,从洞口里扑出一个黑影,还没等看清这是个什么东西,屏幕就变得一团漆黑,只能听到黑暗中有人发出一声惊恐的尖叫:"快跑!野人来了!"

过了好半天,拉伍德才打破了房间中死一般的沉寂:"我们世界救援组织不是一个复仇的团体,但是我们的人不在了,总得弄个水落石出。我们能够做到这一点,因为我们有世界上第一流的科学家。"

洛雷塔这才弄清了拉伍德先生把他一个人留下来的目的。他急不可耐地站了起来:"我这就去做准备,争取和库拉他们一道出发。"

"不要着急!"拉伍德的满头白发摇晃了几下。"你和费雷佐要做的准备工作太多了。对付大脚雪怪肯定会有相当的难度,你要把所有的可能性都想周全了,能带上的

东西都带上,国际救援组织的仓库对你完全开放。如果你还有特殊要求,我甚至可以直接求助于美国总统。"

从拉伍德的眼神中,洛雷塔读懂了这位老者的心思:不惜一切代价,务必找到大脚雪怪!只是有一句话他没有问出口,那就是找到大脚雪怪后,是不是可以开枪消灭他们。洛雷塔知道这是一个极其敏感的问题,不能指望拉伍德先生给自己一个明确的答复,但他的心里已经有了主张。

第五章

> 库拉在阿加尔塔秘道中的一个山洞里,找到了一辆外表完好的"众神之车",但是它无法启动。库拉凭借着他的天才设想,奇迹般地使"众神之车"得以复活。

三天后,库拉和布莱克率领特遣队第一小组离开佛罗里达的世界救援组织总部,乘坐一架大型直升运输机前往南美洲大陆,直接降落在哥伦比亚境内安第斯山脉的北端。

不久,一架小型直升机悬空停在阿格拉玛火山口上方十几米的地方,只有它的旋翼发出一阵阵的轻啸。这就是拉姆当初坠落的那个火山口,后来金斯利少将把它封死了。金斯利少将封闭山口的办法其实是跟库拉学来的,先把封闭格栅摆放停当,然后用太阳能融切机将它四

周的冰雪融化,利用再次冻结的冰水将格栅牢牢地固定住。库拉把这个程序反过来,很快就使封闭格栅松动开来,再用钩子将它钩住,动用直升机绞盘将它挪到一边。

库拉没有选择从那个无名火山口进入阿加尔塔秘道,因为他事先得知每次救援队运送食物进入秘道,走的都是那个火山口,难民们一听到消息,就会从四面八方云集到通道入口处准备争抢,场面很快就变得极其混乱,有一次甚至发生了踩踏事件,死了好几十人。为了避免这类悲剧的再次发生,库拉决定先把救援食品送进阿格拉玛火山口,等待合适时机再发放。

什么是合适时机?库拉没有说,别人也不知道。

库拉吩咐布莱克带领一组技术人员准备进入阿加尔塔秘道,负责修复被金斯利少将破坏的地下电缆,同时建立若干个传输站,让电讯信号在整个秘道中畅行无阻。

库拉跟随布莱克的技术人员一起行动。他像非洲妇女背婴儿一样,把拉拉绑在自己背后,顺着直升机绳梯爬进火山口里。还有两名护卫队员一起跟了下来。其他护卫队员都被他留在火山口外边,由基里亚带领随时待命。基里亚提出多给他派些人手,却被库拉拒绝了。

进到火山口底部后,库拉把拉拉从背上放到地上,把那个装有微型电脑的双肩挎包移到后背上去。这个电脑是拉姆给他留下的。拉姆是个有心人,凡是他认为重要的地方都留下了影像资料,有的地方还留下了他的画外音,那是他彼时彼地做出的推测。在回到佛罗里达的那些日子里,库拉把这些资料翻来覆去地看了许多遍,对拉姆的整个遇险过程了如指掌。进到这个火山口里,他一眼就看到了前方那个高高的长方形的巨岩,发出暗紫色的光芒,顿时产生出身临其境之感。

库拉回头对布莱克打了个手势,示意让他带人跟上,然后走到那块方形岩石的右边,鼓捣了几下,一阵"咔咔"声响过,岩石上裂出一个一人宽的缝。库拉第一个走了进去,随后是与他形影不离的拉拉,再接下来是布莱克以及他手下的那些技术人员。

再次进入阿加尔塔秘道,库拉的脑海里始终盘旋着这样一个问号:这条秘道到底有多长?难道真的像拉姆的向导查维拉所说的那样,安第斯山有多长,这条秘道就有多长吗?假如这条秘道有上千公里长,怎么能设想布莱克等人在这么长的秘道里徒步进行作业呢?再者,几十万难民进入了秘道,就好像鱼儿游进了大海,怎么才能把他们全都找到呢?难道也要靠徒步吗?如果秘道深处的某个或某些难民出了意外,救援人员怎么能及时赶到呢?

这些小怪人再次发出怪叫，这一次是集体行动，叫声整齐多了，而且更为响亮。叫过之后，有十几个小怪人从队伍中站了出来，朝着山洞深处走去。他们弓着腰，平端着那根又细又短的木棍，小心翼翼地向前走去，就好像前边有敌人的埋伏似的。

突然,一辆怪车的形象像黑暗中的一道闪电在库拉的脑海中一闪即逝。

对!"众神之车"!当年的亚特兰蒂斯人不会只造出一辆"众神之车",这种神奇的车应该是他们的日常交通工具。按照这个思路,亚特兰蒂斯人不仅有制造"众神之车"的作坊,还应该有修理作坊。拉姆曾发现了一个散放着各种成型石材的山洞,用这些石材可以组装出"众神之车"来,但是没有动力装置,而这才是"众神之车"的核心所在。如果能找到修理"众神之车"的作坊,这个难题也许就会迎刃而解。

这个作坊在哪里?只有碰运气了!

库拉模仿着拉姆的做法,每走两公里,就半跪下来,在缩进墙壁里的石门侧面寻找开关,找到后就把石门打开,进到里边粗粗看一眼。石门后边的山洞似乎各有各的功能,有的藏有珍宝,有的放着不知用途的工具,还有一个山洞里放着一堆堆黑糊糊的东西,摆放得整整齐齐。库拉用手指头往上捅了捅,发现它们已经化成了粉末。莫非这就是当年亚特兰蒂斯人吃的东西?

库拉眼下没有时间研究这些年代久远的"黑灰",他耐着性子打开一个又一个石门,却没有他期待中的发现。

库拉克制住心头的失望情绪,来到了另一道石门前。

他在心中暗暗祷告道:"上帝保佑!"如果这一次还是没有发现,他就准备放弃这种碰运气的做法。

随着一声轻响,缩在洞壁里的石门缓缓地伸了出来,库拉再一次站到石门的后边,随着它的旋转,他进到一个圆形的山洞里。这时候库拉才注意到,拉拉没有跟他一起进来,而在这之前每次进入山洞,拉拉总是跑在前边。

这个山洞的迎面处摆放着两张石头搭成的工作台,工作台的四周散乱地放着一些不知从哪里拆卸来的"零部件"。再往台上看,库拉的心头一阵狂喜:上边赫然放着一辆完整的"众神之车"!库拉发疯一般地冲了过去,像一只猴子似的爬到工作台上,急不可待地扑到这辆怪车上。他首先要找到它的动力装置,它的全部奥秘就藏在它的动力装置里。在它的左侧下部那个圆形凸起的里边,就应该是安装它的动力装置的地方。而让库拉大感失望的是,他卸掉了这辆怪车前部的十字卡,把它分成两半,找到了那个地方,只看到一个圆形的窟窿,里边却是空空如也。

库拉缓缓地从工作台上爬下来,对着地上那一大堆"零部件"出神。假如说这里就是一个"众神之车"的修理作坊,工作台上那辆外表完好无损的怪车,会不会是因为动力装置出了问题才拿到这里来维修的呢?如果是这样

的话,拆卸下来的动力装置就应该放在不远的地方。想到这里,库拉豁然开朗,立刻动手在那一大堆"零部件"中寻找起来。

不大工夫,库拉就找到了一个古怪的玩意儿。从外表看,它就是一块普通的石头,只是颜色有些发黑,形状过于浑圆,不像是天然形成的。若是仔细观察,才能发现它的中间有一道细缝。库拉从口袋里掏出一把瑞士万能工具刀,选出一把尖嘴钳插进那道细缝里,想把它撬开,但它结合得很牢固,怎么撬也是纹丝不动。

库拉拿着它再次爬到工作台上,把它放进那个窟窿里,居然是严丝合缝的。库拉试着按了一下那个圆形凸起,却没有丝毫动静。

这是怎么回事呢?

库拉琢磨了好半天,也没有琢磨出个究竟来。他只好从里边打开那道石门,唤来两个护卫队员,帮助他把这辆怪车运到秘道里。

一见到这辆怪车,拉拉就像见到大脚雪怪的图像一样,又发出了那种瘆人的惨叫,慌不迭地躲到库拉的身后,一个劲地簌簌发抖。

库拉用手轻轻地敲打着他的后背,就像哄刚出生的婴儿一样。过了好半天,拉拉才勉强镇静下来。这时候,库拉才用手势向他发问道:"你见过这辆怪车?"

拉拉使劲点点了头:"坐过!"

库拉恍然大悟。对呀!地下小怪人曾经用这辆怪车对拉拉执行过死刑,他怎么能不记得呢?

库拉又对他打了一连串的手势,想问问他知不知道这辆怪车的秘密,拉拉连连摇头,嘴里却重复地蹦出这样的单字来:"火!热!热!火!火!热!"

库拉哑然失笑。自己是个热力学专家,曾经根据拉姆的描述推测出来它的工作原理,事到临头居然会忘记它很有可能是直接把热能转化成动能。如果它是以热能为动力源,那么在长长的阿加尔塔秘道中,亚特兰蒂斯人一定设有几处或多处热能供应站,就好像人类社会高速公路上的加油站一样,随时随地可以为"众神之车"补充热能,这样才能保证它不间断地行驶。假如真是这样的话,这个"加油站"就应该在距离洞壁很近的地方,就像高速公路的加油站一定要建在路边一样。

库拉很快就想起来拉姆没有弄清楚的一个谜团,那就是秘道中每道石门两侧的墙壁上都各有一个圆形的凸起,左侧那个凸起里面闪耀着白光,右边那个凸起里边闪耀着红光。拧开闪耀着白光的凸起,可以拽出一个吸水管,拉姆曾经尝试着扭动那个闪耀着红光的凸起,却没有

扭开。它会不会就是"加油站"的什么开关呢?

库拉很快就在洞壁上找到了那个红色的凸起,用手来来回回地扭了好几遍,还是没有扭开。看来,这个机关不是靠扭动可以打开的。

库拉转过身来,围着那辆"众神之车"转了几圈。他想从这辆车上找到一些有用的线索来。

转到第四圈的时候,他的目光落在这辆怪车左侧下部那个圆形凸起上。他看一眼这个凸起,再抬头看一眼洞壁上那个凸起,越看越觉得它们两个不仅是形状相似,而且突起的弧度也非常接近。莫非它们两个能够对接到一起?想到这里,库拉立刻动手把那辆怪车拖到石门旁边。它的重量很轻,一个人拖起来完全不费力气。库拉又找来一个护卫队员帮忙,把它举起来,小心翼翼地把车上的凸起对准墙壁上的凸起,然后用力按进去。

不可思议的事情发生了!

那辆怪车就像一块磁铁,紧紧地贴到了洞壁上。又过了一会儿,怪车前部的那条十字线发出红光,同时传出一阵低低的嗡嗡声,接着两个凸起的结合部一片红光闪烁,把这辆"众神之车"整个笼罩起来,越发显得神秘莫测。库拉大胆地凑到近前,却没有感觉到有热量传过来,好像这种红光是冷的。

大约过了三五分钟,红光开始减退,"众神之车"变得安静下来,最后顺着洞壁滑到了地面上。库拉跳进怪车的凹槽里,按了一下车身上的那个凸起,它再次发出低低的嗡嗡声,还没等库拉想好要干什么,它就自动提速,在宽敞的秘道中疾驶而去。

"'众神之车'复活了!"库拉压抑不住心头的狂喜,手舞足蹈地大喊大叫起来。

第六章

库拉转动那个怪鱼雕像,又一条秘道的入口出现在他眼前。一支由十几个地下小怪人组成的队伍向秘道深处进发,但他们很快就狼狈地逃了回来。

在库拉的指挥下,布莱克带着几名技术人员把发现"众神之车"的那个山洞翻了个底朝天,最终找到了五个圆形"石头",把它们安装到组装好的"众神之车"上,就有了五辆怪车。库拉坚信,在阿加尔塔的某个地方,亚特兰蒂斯人一定留下了很多这种动力装置,只要给予足够的时间,就一定能够找到。

对于这五辆现有的"众神之车",库拉做了一个简单的分配:分给布莱克及其技术人员两辆,分给护卫队一辆,分给后勤组两辆。布莱克等人乘上那两辆"众神之车"，带上必要的设备立刻出发，在秘道中建立通讯联络系统。那两名护卫人员随同库拉行动。后勤组将救援食品分批装上怪车，送到散落在秘道中各处难民的手里。

后勤组出发前，库拉注意看了一下救援食品，还是超级能量棒。这种东西虽然体积很小，却能够提供充分的营养物质，只是吃起来像嚼甘蔗渣一样，长期食用这种东西，人的消化系统会丧失功能。

库拉又注意到，与以往不同，这次分发给难民的超级能量棒每一根都配有一颗黑色的药丸。这是什么东西？后勤组的人告诉库拉，这是特别行动组的海利克医生特地安排的，据说可以增强人的免疫功能。库拉暗自点了点头，看来这个海利克想得还是很周到。

后勤组那两辆"众神之车"开走后，库拉留下一名护卫队员在原地等候，自己和另一位护卫队员乘上怪车，顺着宽敞的秘道飞驰而去。"众神之车"只能乘坐两个人，所以不能三个人一起坐上去。

"众神之车"驾驶起来极其简单，它能够随着人的俯仰自动加速或减速，遇到拐弯它自己就能转向，前方遇到障碍又绕不过去时，它还可以自动浮到空中。看来，亚特兰蒂斯人一定开发出了一种极为先进的自动驾驶系统，只是库拉现在还找不到它安装在怪车的什么地方。

库拉要去的地方就是那个只能从外边进去而不能从里边出来的山洞。拉姆就是把金斯利少将和她的保镖引进了这个山洞,才躲开了他们的纠缠。按理说,金斯利少将他们三个人最终的命运只能是困死在这个山洞里,可是他们的尸身却出现在地面上。可以推测他们是被大脚雪怪吃掉的,可是他们怎么能逃出这个山洞呢?只有一种可能,这条山洞一定还连接着一条秘道,顺着它可以上升到地面。

在行驶了100多公里后,库拉把怪车停了下来。他吩咐同行的那个护卫队员驾车返回去接另一个护卫队员,他留下来等候。

不大工夫,"众神之车"去而复返。库拉让一名护卫队员跟他一起进入山洞,又吩咐另一名护卫队员在外边守住山洞,并把开启山洞的方法教给他。只要接到库拉传递出来的信号,他就要立即把这扇石门打开。

交代完毕后,库拉带着那位护卫队员随着转动的石门,进入了这个山洞。

尽管他从未进过这个山洞,但眼前的一切都不会让他感到陌生。拉姆在他的电脑里留下了这个山洞内部的影像资料,还把他的一些想法留了下来。拉姆推测山洞中央的那些动物雕塑,分别代表着亚特兰蒂斯人的36个小部落。库拉一进这个山洞里,就看到了那些雕塑,觉得拉姆的推测很有道理。但他也和拉姆一样,对雕塑方阵前边那个平台上的怪鱼雕塑百思不得其解,他围着这个怪鱼雕塑转了好几圈,也想不出它的含义到底是什么,只是觉得这个怪鱼雕塑似乎有些不对头,却说不清问题出在哪里。

自打一进入山洞,拉拉就显得格外兴奋,那些雕塑让他感到很新鲜,摸摸这个,瞅瞅那个,一刻也没有消停过。库拉围着那个怪鱼雕塑转圈的时候,他也跳上那个矮矮的平台,又蹦到怪鱼雕塑的头上,趴在上边朝着库拉做了一个鬼脸。

库拉很少看见拉拉这样开心,也冲他做了个鬼脸。就在这时候,他的脑海里突然灵光一闪:那个怪鱼雕塑的头怎么在左边呢?会不会是自己记忆有误呢?他赶紧打开拉姆留下的微型电脑,把那个怪鱼雕塑的图像调了出来。

两下一比较,库拉很快就发现了一个重要的细节。在微型电脑里,也就是说在拉姆最初见到这个怪鱼雕塑时,它是头朝左尾朝右,而现在却变成了头朝右尾朝左。要么就是它能够自己旋转,要么就是它被人搬动了。

这个发现不禁使得库拉心跳加快,他上前用双手扭

住怪鱼的头,朝着它的尾部转过去。

一阵"咔咔"声响过,怪鱼的头部和尾部的位置竟然被库拉完全颠倒过来了。就在这时候,怪鱼雕塑竟然自动向后挪了几米远,平台上露出一个洞口来。这个洞口开得很大,足以容许两个人并排出入。库拉把头探进去,看到洞口里是一条向下倾斜的步道,步道两旁的洞壁上每隔二三米的距离,就贴着一块白色的石头,散射出淡淡的白光,好像街道两旁的路灯。从这一点上库拉可以断定,这条秘道与阿加尔塔秘道一样,都是亚特兰蒂斯人建造的。

库拉进到这条新发现的秘道里,拉拉和那个护卫队员紧紧地跟在他后边。

这条秘道出口处的步道修得有些特别。它好像是为年老体衰者特地建造的,每下三四道台阶,就是一小段缓坡,然后又是三四道台阶。从洞口到秘道底部垂直距离不过30多米,而这条步道却修了500多米长。

漫长的步道终于走完了,让库拉稍感意外的是,前边的道路完全不像阿加尔塔秘道那样是人工修建的,而是自然形成的,只是个别地方的地面做了一些修整,比较陡峭的地方还用石块铺出了台阶。

在一个拐弯处,库拉发现地上扔着几根木棍。这种东西在阿加尔塔秘道进口处那个阔大的山洞里出现过。说它不是兵器,前边却带有钩子;说它是兵器,钩子却没有尖。库拉捡起一根来,翻来覆去看了好大一会儿,也没研究出它到底有什么用途。

再往前走,洞壁上出现了很多一人多宽的裂缝。有的裂缝就在路边,一闪身就能进去。有的裂缝开在洞壁上方,需要爬到高处才能进去。库拉进到路边的一个裂缝里,顿时觉得热浪扑面而来,只得退了出来。他又爬进高处的一个裂缝里,还是热浪滚滚。他的心中一动:莫非这是地下小怪人出没的孔道?

库拉还想往前走,拉拉突然冲上来,紧紧揪住他的衣襟,嘴里还发出一连串的怪叫。库拉对他打了几个手势,问道:"你是让我们赶快藏起来?"

拉拉连连点头,同时扯着库拉的衣服往后退去。

库拉不知道将要发生什么事情,但他相信肯定会有什么事情发生。拉拉的话没有错,他不会撒谎。

库拉牵着拉拉的手,带着那个护卫队员,躲到路边的一块巨石后边。他们趴在巨石上,伸出脑袋就可以居高临下地看清整个山洞的情形,又不易被别人发现。

大约过了一刻钟的工夫,一阵阵"嗨嗨"的怪叫声仿佛从地底下传出来,在山洞中反复回荡,越来越响,震得

库拉耳朵根发麻。

怪叫声响过后,一大群地下小怪人从洞壁上高高低低的裂缝中涌了出来。他们跳到地面上,人数越聚越多,见不到分散开来的迹象。库拉注意到每个小怪人的手中都拿着一根小木棍,它的前边也带着一个无尖的钩子,与库拉发现的木棍非常相像,只是细了许多,也短了许多。

这些小怪人再次发出怪叫,这一次是集体行动,叫声整齐多了,而且更为响亮。叫过之后,有十几个小怪人从队伍中站了出来,朝着山洞深处走去。他们弓着腰,平端着那根又细又短的木棍,小心翼翼地向前走去,就好像前边有敌人的埋伏似的。

库拉对拉拉做了几个手势,拉拉回答说:"他们是去找吃的。"

找吃的?这地下的山洞里哪来的吃的?

那十几个小怪人的身影渐渐消失在山洞的深处,库拉真想跟上去看个究竟。然而他不能丢下拉拉不管,再说那个护卫队员也不会同意他去冒这个险。

又过了大约一刻钟的工夫,一阵阵怪叫声从山洞深处传出来,这声音不是那种"嗨嗨"的呐喊,而是凄厉的叫喊。拉拉听到这声音,吓得直往库拉的怀里躲,库拉能够明显地感觉到他的身体在簌簌发抖。

随着那凄厉的叫声,那些在前边探路的小怪人窜了出来,他们很显然是受到了惊吓,一见到路边有裂缝就往里钻,钻进去就不见了踪影。库拉没有细数,但是他可以肯定不是所有前去探路的小怪人都逃了回来,起码少了三四个。

还没等到那些小怪人逃了回来,一听见那凄厉的叫声,聚集在山洞里的一大群小怪人就乱成一团,纷纷往洞壁上的裂缝里钻。刹那工夫,山洞里的小怪人就消失得干干净净,一点儿痕迹也没有留下。

库拉转过身来,想问问拉拉这是怎么回事。这次还没等他开口,拉拉先说话了:"快跑!吃肉的魔鬼!"

"是大脚雪怪吗?"库拉明知故问。

拉拉使劲点了点头。

库拉真想留下来,看看大脚雪怪到底长个什么模样,但是他不能这样不理智。拉拉需要他照顾,只靠一名护卫队员,也许根本就斗不过穷凶极恶的大脚雪怪。为今之计,只有先撤退为上。

第七章

<u>搜索大脚雪怪的行动一无所获,库拉决定重回阿加尔塔秘道。吃过海利克的药丸后,秘道中的难民全都昏昏欲睡,一名护卫队员却神秘失踪。</u>

就在库拉带领的特遣队第一小组出发后的第六天,由洛雷塔和费雷佐带领的第二小组也离开了佛罗里达,乘坐飞机前往南美洲大陆。他们带来了一支大型运输机群,给这支特遣队提供后勤支援。洛雷塔下令把所有物资都运到他发现大脚雪怪的那个山谷前,在这里建立起一个后勤基地。在此之前,布莱克已经完成了秘道内的通讯设施安装,他把地面临时通讯中心也设在这里。

一切准备工作就绪后,洛雷塔和费雷佐各带一组人马,组成了两支搜索小队,轮番进入山谷寻找大脚雪怪的踪迹。布莱克坐镇后方,负责信息传送和调度。

一个星期过去了,这两支搜索小队分别进入山谷三次,把这条山谷的每一寸土地都搜了个遍,却连大脚雪怪的一根毛发都没有找到。库拉离开那条新发现的秘道后,先与基里亚队长带领的队伍会合,随后赶往洛雷塔建立的后勤基地,也参加到搜索大脚雪怪的行动中去,同样是一无所获。如果没有那段录像为证,洛雷塔的那段遭遇真让人怀疑是一场梦。

洛雷塔不禁有些灰心,他让搜索行动暂时告一段落,吩咐各路人马休息待命。

洛雷塔和库拉面对面地坐在一顶太阳能帐篷里,过了大半天,两个人也不说一句话。拉拉乖顺地蜷伏在库拉的脚边,好像睡着了。费雷佐几次想张嘴,却不知道该说什么好,索性站起来到外边散步去了。

"我,还有基里亚,我们长着眼睛,不会看错的,那不是幻觉!"洛雷塔低着头在自言自语。

"屁话!难道我说过不相信你了吗?我对你讲过好几次了,在那条秘道里就有大脚雪怪,他们还吃了地下小怪人。"库拉没来由地冲洛雷塔发起火来,这一来洛雷塔反倒觉得心里好受一些。

"但是你没有见到大脚雪怪,更没有抓到活的,别人

在有节奏的跺脚声中,从一个山洞里走出三组小怪人。每组有十几个,他们高高地举着一块石板,每块石板上都结结实实地捆着一个小怪人,一动不动。

是不会相信你的。"洛雷塔有气无力地说。

"好！那我就抓一个活的让大家看看眼界！"库拉腾地一下站起身来，高声叫道。也许是他的声音太大，拉拉一下子被惊醒了，他不晓得又发生了什么，一纵身蹿到库拉的膝盖上。

库拉抚摸着拉拉的后背，嘴里哼哼唧唧地，好像在哄一个受了惊吓的孩子。

洛雷塔的目光从库拉的身上移到了拉拉的身上，移到了他那双与身体极不相称的脚套上。如果他的脚真有这么大，他不就是一个活着的大脚雪怪吗？洛雷塔的心头突然一亮：假如大脚雪怪和人类是远亲的话，那么他们和地下小怪人就应该是近亲。也许有这样的可能：那些不想到地面上生活的亚特兰蒂斯人，有一部分深入到地下，对高温越来越适应，最后演变成了地下小怪人；而另外一部分钻到了地表的洞穴里，对低温越来越适应，最后演变成了大脚雪怪。如果真是这样的话，要想找到大脚雪怪的藏身之地，不妨从地下小怪人的藏身之所找起。

洛雷塔为自己的这个大胆设想激动起来，他赶紧讲给库拉听。库拉的眼睛里立刻露出惊喜的光芒："对呀！真是个天才的设想！"

洛雷塔伸出一只手，与库拉兴奋地拍到一起："对！

重回阿加尔塔秘道!"

"不要扔下我们两个!"基里亚和费雷佐高叫一声,同时推门而入。他们四个人的手紧紧地握到了一起。

就在库拉他们几个人在商讨下一步行动时,布莱克给他们传来一个不好的消息,那个被库拉留在秘道里看守那扇石门的护卫队员失踪了,给他配备的通话器也没有信号了。这就是说,只要通话器还在他身上,那么他这个人就已经不在阿加尔塔秘道之中了。

"这怎么可能呢?"基里亚首先表示不相信,连连摇头。他手下的护卫队员个顶个地都是特种部队的精英,全都有独当一面的能力,以一当十绰绰有余。难民们不会打他的主意,在秘道里又无处可出,他能到哪里去呢?

库拉的心头突然升起一个不祥的预感,他坐到电脑屏幕前,急切地说:"布莱克,你马上把秘道内的画面给我调一段。"

"哪一段都行吗?"

"随你的便,只要有人就行!"

"稍等片刻!"

布莱克的工作效率极高,不大工夫就给库拉传来一段画面。库拉第一次看到了秘道中的难民们的生活状态。一些难民晃晃荡荡地走过来,好像梦游一般。还有

一些难民横七竖八地躺在洞壁边上呼呼大睡。

"这些人怎么了？布莱克，是不是你搞了什么名堂？"库拉的口气中流露出明显的不满。

"别污蔑好人！这件事情你直接问海利克医生好了。"没等库拉提要求，布莱克主动为他接通了海利克。

"库拉博士，你也不要问了，我这是奉命行事。"海利克的脑袋在屏幕上晃来晃去。"拉伍德先生说能给你争取到一个月的时间，你还记得吗？我发明了一种药丸，人吃了以后可以降低新陈代谢的速度，肾上腺素降低，反应能力减退。这样的难民不是很好管吗？"

"你就少说两句吧！"库拉打断了他的话头，问道："你就告诉我，有没有解药？"

"很抱歉！"海利克双手一摊，做了一个无可奈何的姿势。

库拉回忆了一下，当时由于走得匆忙，可能是忘记了把怪鱼雕塑恢复原状，结果把秘道的出口暴露出来。如果真是这样，他就犯了一个致命的错误。那些大脚雪怪顺着这条秘道走上来，而那个护卫队员很可能是出于好奇，吃了一粒海利克发明的药丸，便稀里糊涂地把石门打开了，结果被大脚雪怪掳走了。

秘道里的那些难民全都吃了海利克的药丸，成了一群软弱的羔羊,会不会在睡梦中就成了大脚雪怪的"战利品"呢?库拉急忙吩咐基里亚队长,让他往阿加尔塔秘道中增派人手,先把那个秘道洞口封闭起来,同时把五辆"众神之车"都发动起来,在秘道中昼夜巡逻,严密保护那些没有自我保护能力的难民们。

这件事情一出,库拉立刻意识到搜索大脚雪怪的行动必须加快进行,必须尽快探明他们的巢穴所在,尽量把他们控制在一定范围里,这样才能避免出现更大的伤亡。

"拉拉,咱们走吧!"库拉拍了拍拉拉的后背,拉拉好像听懂了他的话,跟着库拉就离开了那顶太阳能帐篷。

第八章

库拉带着拉拉来到那个巨型岩石上,看到了大脚雪怪掳掠地下小怪人的一幕。库拉十分气愤,下令基里亚队长将大脚雪怪迎头拦住。

库拉背着拉拉再次顺着直升机绳梯进入阿格拉玛火山口,和他们一道下到火山口里的还有海洋学家费雷佐以及两名护卫队员。

临行前,库拉让洛雷塔带领一部分护卫队员在地面上监视大脚雪怪的动静。洛雷塔提出多给他派些人手,却被库拉拒绝了。前些日子大队难民穿过地下小怪人的活动区域,进入阿加尔塔秘道,肯定把他们变成了惊弓之鸟。他担心人一多再次惊吓了地下小怪人,就会离开这里,躲藏到地下更神秘的地方。

进到火山口中后,库拉直奔那块高高的长方形巨岩而去。这里是拉姆初次遭遇地下小怪人的地方。它发出暗紫色的光芒。岩石上有一串凹陷的脚窝,就像梯子一样,一直排到岩石的顶端。

库拉回头招呼了一下费雷佐,让他带着那两名护卫队员在下边警戒,然后对拉拉做了个手势。聪明的拉拉马上就明白了他的意思,踩着那些脚窝飞快地往上爬去。库拉小心翼翼地跟在后边,拉拉却如履平地一般,不大工夫就把库拉远远地抛在了后边。

等到库拉趴到岩石顶端的时候,拉拉正把头伸出岩石的边缘,不知在张望着什么。库拉凑到他跟前,跟他趴到一起,一边比画着一边问道:"看到什么了?"他这话其实是说给自己的,因为拉拉还听不懂他的话,只能看懂他的手势。

拉拉给库拉回了一个手势,让库拉略感吃惊,连忙用手势问道:"谁快来了?是你们的人吗?"

拉拉没有继续做手势,而是睁大了眼睛,死死地盯着对面洞壁前的平台。库拉也睁大了眼睛,却什么也没有看到。

终于,库拉看到一个山洞里冒出来几个人影。先是一个地下小怪人探头探脑地来到平台上,他走了一个来回,没有发现什么动静,回头一招手,几百个小怪人陆续

来到平台上。

忽然,他们齐声发出一阵高亢的"嗷嗷"声,同时上下挥舞着手臂。他们的手臂都很长,就像平地里冒出一大片森林。随后,他们又集体发出低沉的"嗬嗬"声,同时在不停地跺脚。

在有节奏的跺脚声中,从一个山洞里走出三组小怪人,每组有十几个,他们高高地举着一块石板,每块石板上都结结实实地捆着一个小怪人,一动不动。

这三组小怪人走到平台最左边的那个山洞口外边,不再往前走了。这样的场面库拉在拉姆留下的电脑里看见过,他知道那个山洞里温度奇低,地下小怪人是不敢进去的。

他正想问问这些地下人想干什么,忽然发现拉拉不在自己身边了,跑到了岩石另一端。库拉挪到他跟前,从电子头盔的透明面罩望进去,拉拉紧闭着眼睛,脸部肌肉古怪地痉挛着,似乎见到了什么令他十分恐惧的事情。

库拉轻轻地抚摸着他的后背,让他安静下来,然后试探着对他打了一连串的手势。

杀人?处死?

吃肉?吃人?喝血?

献身?献俘?献祭?

库拉每做一个手势，拉拉都使劲点头，紧接着就是使劲摇头，把库拉弄得丈二和尚摸不着头脑。

库拉让拉拉藏在自己身后，再次来到岩石的边缘，悄悄地伸出头去往下张望。这时候那三组小怪人已经把被捆绑的同伴放在地上，远远地退开了。但是他们并没有走掉，而是继续发出低沉的"嘀嘀"声，同时在不停地跺脚。

突然，拉拉拽了一下库拉的衣襟，用手势告诉他："来了！吃肉的魔鬼来了！"

吃肉的魔鬼不就是大脚雪怪吗？在哪儿？

这次不用拉拉告诉他，库拉自己已经看见那个寒洞的洞口晃动着几个人影。他们身躯高大，不可能是地下小怪人。

库拉的心头一亮，他终于想明白了！拉拉当初被用怪车送进这个寒洞，就是当做牺牲品送给大脚雪怪吃的，这就难怪在屏幕上见到大脚雪怪的画面，他竟然吓晕过去。如今放在地上的那三个小怪人也是准备送给大脚雪怪吃的。看来大脚雪怪经常袭击地下小怪人，他们被吃得太多，因此对大脚雪怪十分畏惧，所以才不得不把同伴们献出来，以保种群暂时平安。

就好像是为了证明库拉的推测，三个大脚雪怪犹如

离弦之箭一般蹿了出来,分别抓起地上的一个小怪人,又如闪电一般退回到那个山洞里。很显然,他们不是害怕地下小怪人,而是畏惧这里的高温。如果没有地下的高温做掩护,恐怕大脚雪怪早就把小怪人们吃光了。

"吃肉的魔鬼!"库拉用拉拉的话恶狠狠地骂了一句。随即他利落地打开微型电脑,三下两下就和洛雷塔联系上了,把他看到的情况简单地说了一遍,然后让他火速把基里亚找来。

"基里亚队长,你能记住那个暗河的入口吗?"库拉对着屏幕上基里亚的头像问道。在得到基里亚肯定的答复后,库拉又说:"对!就是那儿。进去之后,就是我们和拉姆会合的那个山洞。你带几个人赶快过去,我估计能把那三个大脚雪怪迎头拦住。"

"拦住后怎么办?"基里亚问道。

库拉没有做声。从大脚雪怪掳掠地下小怪人这一点来看,他们无疑是食肉动物,而食肉动物通常都是很凶残的。"这样吧!如果威胁到你们的生命,就马上开枪!"

"不能开枪!"电脑的音频装置中传来洛雷塔的声音。"可以用麻醉枪,用捕兽套。"基里亚沉吟片刻,说道:"我看情况来吧!"

第九章

捕兽套擒住了一只大脚雪怪,基里亚却失足落进地下暗河里。他一连开枪打倒了三只大脚雪怪,其他雪怪却悍然不退,逼迫他纵身跃进一个洞穴中。

没有人比基里亚更熟悉这条拯救了十几万条性命的地下暗河了,它的入口就是基里亚带领救援队员开凿出来的,他根本就不担心找不到那个寒洞,但他不知道怎样才能让那三个大脚雪怪束手就擒。

出发前,他挑选了四名身手矫健的护卫队员,又亲自给他们挑选了一些装备,还叮嘱他们,不管发生什么情况,都要听自己的命令,不到万不得已不能开枪。尽管他做好了充分的准备,心里还是有些忐忑不安。

进入地下暗河的河道后,他调亮了戴在头上的高能

聚光灯,一束耀眼的光线直射进黑暗的河道中,把前进的路照得一片锃亮,行进速度大大加快。但他还是不断回头让他的队员们紧紧跟上,生怕大脚雪怪提前溜掉。

前面出现了一个半人高的洞口。钻出这个洞口,从一个斜坡滑下去,就是那个双层暗河分叉的地方。基里亚看了一眼自己的腕表,估计应该能赶在大脚雪怪的前边,也就说是从现在开始,随时都有与他们撞上的可能,不由得提高了警惕。

"跟紧了!"随着基里亚的话音,他的身后相继传来四声"跟紧了",这说明后边的人全都没有落下,这让基里亚感到很满意,便弯下腰,带头钻进了那个山洞。

就在基里亚滑到那个斜坡的底部,刚刚站起身来,猛然一抬头,只见暗河河道的深处,一个大脚雪怪像幽灵一般露出头来。他同时也看见了对面的基里亚,不禁大吃一惊,将夹在腋下的那个地下小怪人顺手一扔,发出一声怪叫,转身就跑。

基里亚冲了过去,扶起那个小怪人。他浑身上下没有一处伤,但是气息全无,很可能是冻死了。

基里亚吩咐他的队员们往后撤了一段距离,把各自头上的高能聚光灯射向洞顶,这样既可以照亮全洞,又不会让大脚雪怪因为强光的刺激而不敢出来。

等了大约半个小时,那三个大脚雪怪终于露面了。他们好像已经商量好了似的,一露头就不顾一切地冲过来。他们平时两足着地行走,一旦跑起来却是四足着地,好像旋风一般迅疾。

"麻醉枪!"基里亚一声令下,两名护卫队员把两盏高能聚光灯笔直地射向大脚雪怪。与此同时,另外两名护卫队员举起麻醉枪,对准大脚雪怪射击。

一枪命中!两枪命中!四枪全部命中!但是,大脚雪怪没有倒下,继续张牙舞爪地扑过来。

基里亚看得清清楚楚。那四支银色的麻醉针射到大脚雪怪厚厚的皮毛上时,根本就扎不进去,全都落到了地上。

"捕兽套!"基里亚再次下达命令。只听四声微弱的枪响,四颗圆形的弹丸在大脚雪怪的头上炸裂开来,四个小降落伞一样的东西从空中飘落下来。它是一个由高强度纤维织成的网,网线柔软得像棉线一样,但硬似钢铁。冲在最前边的那个大脚雪怪被这张网兜头罩住,另三张网都落空了,另外两个大脚雪怪不知道这是个什么东西,都刹住了脚步。

被捕兽网网住的那个大脚雪怪揪住网线,放进嘴里就"嘎嘎"地嚼起来,他嚼得满嘴是血,却嚼不断网线,却

被捕兽网绊倒在地,急得他连声发出怪叫。

听到他的叫声,那两个大脚雪怪犹豫了一下,随即又扑了上来。基里亚用枪口对准他,却没有扣动扳机。他挺身向前,同时对身后那四个护卫队员打了个手势。他们心领神会,一起冲上去把那个被网住的大脚雪怪按倒在地,分别抓住他的手脚,硬是把他举了回来。

眼见着自己的同伴被人活捉了,那两个大脚雪怪显然被激怒了,一边吼叫着一边往上冲。基里亚实在无路可退,他微微调高枪口,一串子弹掠过大脚雪怪的头顶,打到暗河的顶部,迸出一溜火星。这枪声本来就很响,再加上洞中的回声,变得震耳欲聋,那两个大脚雪怪吓坏了,一转身冲进了下层暗河的那个洞口,身影一晃就不见了。

基里亚暗暗埋怨自己,要是早一点开枪,这两个大脚雪怪插翅也难逃。他心有不甘地跟了过去,将头伸进洞口,想看看里边是什么情形,可是里边黑咕隆咚的,什么也看不清楚。他转过头来,刚想对他的手下说句什么,没有想到脚底一滑,整个身体不由自主地跌倒在地,一下子就滑了进去。

基里亚感觉就好像参加雪车比赛一样,两边是冰墙,自己的身体就在它们之间碰来撞去,而且越来越快,到了后来仿佛就要飞了起来。

不知过了多久,也不知道到了那里,基里亚总算可以站起身来。他想把头上的高能聚光灯拧亮,伸手一摸,它已经不见了踪影,很可能是在高速滑动的途中飞了出去。幸好挂在腰间的那把手枪还在,腰间的子弹还在。这是一把科尔特型大口径手枪,不仅射程远,而且威力巨大,对付十几个大脚雪怪不成问题。他把这把手枪提在手里,弹仓里压满了子弹,顿时觉得安心多了。

借着腕表上红色的指示灯,他勉强能够看见这里好像一个圆形的地下大厅,他所在的地方应该处在这个大厅的中心部分。他向前走了几步,所到之处的地面上全是冰。再往前走几步,他看到了一些倒立的冰柱,从"大厅"的顶部一直垂到地面上。他走到两根冰柱之间,往里边望去,里边黑洞洞的,应该是洞穴,也就是地下河的河道。

基里亚强制自己镇静下来。他相信那四名护卫队员找不到自己后,马上就会返回后勤基地,向洛雷塔报告这里发生的一切。洛雷塔和特别行动组的那几位专家不会丢下自己不管。眼下最重要的是,要让他们知道自己所在的位置。他把眼睛凑到腕表跟前,只有那个起报警作用的指示灯还亮着,定位系统的指示灯没有亮,这说明地

面信号传输不到这个地方来。没有别的办法,只有回到刚才滑下来的那个地方,看看有没有办法爬出去。

基里亚转过身来正想往回走,他忽然看到远处的冰面上映出了一条条活动的影子,时而短时而长。莫非是大脚雪怪来了?基里亚停下脚步,一闪身藏到一根冰柱后边。

不大工夫,十几个大脚雪怪陆续现身,而且人数越来越多。基里亚没有看到他们是从哪个洞穴里冒出来的,但可以肯定这条地下暗河流到这里时,分成了许多股,向四面八方流去。这些地下河道全都成了大脚雪怪的住所。

那些大脚雪怪显然是知道这里进来了外人,正挨个洞口往前搜索。不用说,肯定是那两个大脚雪怪逃跑后,回来报的信。

他们离基里亚藏身的洞口越来越近了!基里亚心里明白,一旦让他们围了起来,即使他手里有枪,也是必死无疑。他必须当机立断,趁大脚雪怪还没有发现自己,提前采取行动。

大脚雪怪们也知道他们遇到了厉害的对手,谨慎地聚在一起,每到一个洞口前只把一个雪怪推到前边,小心翼翼地把头伸进去,看一眼就赶紧把头缩回来。

突然间,"大厅"响起了一连串爆豆般的枪声,它们互相交错,形成了巨大的混响,如同滚雷一般。大脚雪怪们一个个惊恐万状,全都趴到一起。

这种"四面开花"的射击方法是基里亚的绝招,他打光了整整一个弹夹,又迅速换上一个弹夹,这才贴着洞边向来路跑去。"大厅"中的那些大脚雪怪自顾不暇,根本没有发现有个人影一闪而过。

基里亚已经看到了那个冰道,他就是从那上边滑落下来的。他衡量了一下,尽管它很陡峭,还是可以爬上去的,因为他的鞋和手套都是特制的,具有超强的摩擦力。

就在即将大功告成的时候,又有十几个大脚雪怪好像从地底下冒出来一般,迎头挡住了他的去路。基里亚对他们晃动了一下手枪,他们根本没不在乎,一边叫着一边往前冲。基里亚已经看到了冲在最前边那个雪怪狰狞的表情。他不禁打了个寒战。要是落在他们手里,非得被剥皮吃肉不可!

情况紧急,容不得基里亚多想,他咬紧牙关,毅然扣动了扳机。

"砰!"随着一声枪响,冲着最前边的那个雪怪应声倒地。

基里亚原以为放过这一枪后,其他的雪怪就会被吓

被捕兽网网住的那个大脚雪怪揪住网线,放进嘴里就"嘎嘎"地嚼起来,他嚼得满嘴是血,却嚼不断网线,反而被捕兽网绊倒在地,急得他连连发出怪叫。

得逃之夭夭,没有想到他们不但没有后退,反倒更加凶猛地扑上来。

"砰!""砰!"又有两个雪怪倒在地上。但其他大脚雪怪还是没有后退,继续向他逼近。

"快跑!"基里亚的脑海里立刻涌出这个念头。他用余光瞥见身后不远处有个冰柱,冰柱的旁边是个黑糊糊的洞口,他往后退了几步,突然一个纵身,就消失在那个暗河的河道中。

第十章

库拉通过地下小怪人拉拉,弄懂了那只被俘的大脚雪怪吼叫声的含义。为了避免人员伤亡,库拉提议放掉那只被俘的大脚雪怪。

在布莱克面前的计算机屏幕上,代表着基里亚队长的那个红点一动也不动。布莱克想尽了所有办法,也确定不了他所在的方位。难道说他出了意外?布莱克不敢把这个可怕的念头说出来。

库拉已经得到了基里亚队长遇险的消息,和费雷佐一道乘坐直升机迅速赶回后勤基地,与洛雷塔会合。他们把希望都寄托在布莱克身上。一旦确定了基里亚队长的方位,就立刻派护卫队员把他救出来,至于那些大脚雪怪,完全不用加以考虑,护卫队员只要敢动用火器,大脚雪怪的抵抗能力就不值一提。然而,这个希望很快就破

灭了。不知道基里亚准确的方位,又到哪里救他呢?

跟随基里亚队长前去拦截大脚雪怪的那四个护卫队员没有让基里亚失望,当他们发现营救基里亚队长无望后,立刻押着那个俘获的大脚雪怪回到了后勤基地,把他交到了洛雷塔的手上。如果早些见到活的大脚雪怪,洛雷塔一定会欣喜若狂,用他进行研究,有可能破解灵长类动物的进化历史之谜。可如今他没有了这个心思,基里亚队长的命运让他担心,他绝不能失去这个好伙伴。

库拉非常了解洛雷塔此刻的心情。当初拉姆失踪时,自己不也是像今天的洛雷塔一样忧心忡忡吗?但是光着急有什么用,关键得想出办法来。

那个成了俘虏的大脚雪怪被拴在一根柱子上,这个地方在后勤基地的最后边,免得他的嚎叫声让人听了心烦。他身上的捕兽网没有除掉,没有这个东西,他很可能脱身而去,一两根普通绳子是捆不住他的。

库拉注意到,每当那个大脚雪怪的嚎叫声远远地飘来时,拉拉的身体就会出现一阵颤抖。这也难怪,大脚雪怪把地下小怪人当成自己的美餐,他们当然会害怕,就像人们害怕吃人的老虎、狮子一样。库拉用手抚摸着他的后背,这才使他安静下来许多。

突然间,库拉的脑海里灵光一闪:假如说大脚雪怪和地下小怪人都是亚特兰蒂斯人的分支，或者说他们都是类人动物，那么他们彼此之间是否语言相通呢？想到这里，库拉领着拉拉朝着拴大脚雪怪的地方走去。

远远地库拉就看见了那个蜷曲在雪地上的大脚雪怪，他还不时抬起上身来，冲着远处的山谷狂吼，吼累了便躺下来休息。

拉拉紧紧地拽住库拉的手，极不情愿地往前挪动着。库拉唯恐把他吓坏了，在距离大脚雪怪还有二三十米的地方就停了下来。

那个大脚雪怪再一次抬起上身，再次对着山谷狂吼。库拉透过电子头盔，注意观察拉拉的表情。发现他原先闭得紧紧的眼睛突然睁开一道缝，随即又闭上了。

莫非他真的能听懂大脚雪怪的叫声？库拉轻轻地拍了拍拉拉的后背，拉拉又把眼睛睁开一道缝，库拉抓住这个机会，对他一口气做了一大堆手势。

拉拉好像有很多话要对库拉说，两只手一起上，不停地对库拉做着手势，同时嘴里还发出"嘀嘀"的低叫。

"他说快来救我，对吗？"库拉唯恐自己领会错了拉拉的意思，再次用手势核实。

"快呀！快呀！"拉拉一个劲地点头。

"他的同伴会来吗？"

"会来的!一定会来的!"

"什么时候?"

"天黑以后。"

库拉不敢有丝毫的怠慢,牵起拉拉转身便走,一口气就闯进了布莱克的临时通讯中心。

"我的那些热源探测仪安装好了没有?"

库拉劈头盖脸这么一问,使得布莱克马上意识到问题的严重性,他收起脸上的笑容,严肃地答道:"刚刚安好,正在测试。"布莱克嘴里这么说着,手底下片刻也没闲着,没过多久,热源探测仪的信号就传输过来,在电脑屏幕上转化成实时监控画面。正在巡逻的护卫队员,正在充电的太阳能直升机,躺在太阳能帐篷里休息的人,凡是能散发出热量的东西,不管是人还是物,只要在两公里的半径内出现,都会被热源探测仪捕捉到踪迹,显示在电子屏幕上。

"布莱克,今天晚上你要打起十二万分的精神,时刻注意热源探测仪发回的信号。"库拉不厌其烦地嘱咐道,"一分钟的间断也不能有,一点蛛丝马迹都不能漏过!"

库拉离开布莱克的临时通讯中心,紧接着找到洛雷塔和费雷佐,他们俩正在研究如何营救基里亚队长。库拉把他通过拉拉听到的事情转述了一遍,然后正色说道:

"如果拉拉说的是实话,那么今天晚上大脚雪怪就有可能对这里发动一场攻击,目的应该是抢回他们被捕的伙伴。我们手里有枪,自保绝无问题,但要命的是大脚雪怪很有可能发动偷袭。他们不怕冷,可以在雪堆里隐藏很长时间,而这个山谷里到处都是大大小小的雪堆,谁也说不准会从哪个雪堆里冷不丁冒出一个大脚雪怪来,打我们一个措手不及,流血丧命都有可能。"

费雷佐想了想,说:"大脚雪怪对肉食肯定很敏感,我们可以在某个地方放些肉食,他们嗅到味道,就可能聚到一起,那时候我们就可以任意处置他们!"

不等费雷佐再往下说,洛雷塔插言道:"我明白你的意思,把他们消灭了,我们自然就安全了。这么做绝对不行!大脚雪怪和我们人类在进化的路上起初是同伴,后来才分道扬镳,也就说他们是我们的远房亲戚。你能用枪射死一个与你有血缘关系的人吗?"

费雷佐避开洛雷塔咄咄逼人的目光,转向库拉问道:"库拉博士,你说怎么办才好?""我建议放掉那个大脚雪怪,尽管……"

洛雷塔又一次急不可待地插嘴道:"你不用往下说了。这个大脚雪怪确实是一个极其珍贵的研究标本,作为一个生物学家,我真的不想放弃他。但是我觉得还是

拉伍德先生说得对,我们是国际救援组织,我们到这里来的最终目的不是搜捕雪人,而是为进入阿加尔塔秘道的难民,为冰河时代整个人类寻找新的食物来源。我同意放掉那个大脚雪怪。"

费雷佐默默地站起身来,转身向帐篷外走去。库拉知道他要去亲自释放那个大脚雪怪。费雷佐从不固执己见,但从不在口头上承认自己有错误,了解他这个特点的人都乐于与他相处。

费雷佐离开帐篷不久,布莱克又惊又喜的声音就从扬声器中传来出来:"快看!动了!"

库拉和洛雷塔几乎同时抬起头来,几乎同时发出"咦"的一声。计算机屏幕上那个代表着基里亚队长的红点动了一下,随即又不动了。洛雷塔扑到屏幕前,眼睛几乎贴到了上边,但它还是一动不动。那个红点动了,就证明基里亚队长很可能还活着。可是它为什么又不动了?

又过了大约半个小时,那个红点又动了一下,随即又不动了。这是开的什么玩笑?洛雷塔实在想不通这里边有什么名堂,急得他使劲捶打着自己的脑袋。

库拉要比他冷静一些,他从布莱克那里要来了定位数据,发现两次红点闪动的地方纬度没有变化,经度却有百万分之一的差距。库拉打开拉姆留给自己的那台微型电脑,那里储存着安第斯山脉北段详细的全息地图。库拉把这幅地图的局部放大成全屏,在上边来来回回地画着一道道虚拟的线条。渐渐地他的思路清晰起来,假如基里亚队长还活着的话,此刻他正沿着地球的东西方向直线前进。这条直线与阿加尔塔秘道正好处于平行状态,而那条新发现的秘道也与阿加尔塔秘道相平行,它们会不会是一回事呢?

刹那间,库拉做出了一个决定。他收起微型电脑,对洛雷塔说:"有拉姆的在天之灵保佑,我也许能够找到基里亚队长。我这就和费雷佐再一起进入阿加尔塔秘道,这里的事情全都交给你了。"

"你就放心好了!"洛雷塔故作轻松地笑着说。他知道自己肩头的担子不轻,但他不想让库拉为此分神。

"还有拉拉,你暂时替我照顾他。"库拉对拉拉做了几个手势,拍拍了他的后背,才把拉拉领到洛雷塔跟前。拉拉乖顺地贴着洛雷塔的裤腿站好,举起双手,好像在和库拉告别。

大脚雪怪

第十一章

基里亚队长在山洞里与两只大脚雪怪不期而遇,他解救了两名被大脚雪怪掳去的人。如果不是库拉带人及时赶到,他们将再次落进大脚雪怪的魔掌。

地下暗河中一片黑暗,伸手不见五指,幸好腕表上的红色指示灯亮着微弱的光芒,基里亚队长才能够摸索着前进。

渐渐地,他的眼睛适应了周围的黑暗环境,看清了他进入的这条暗河河道只有两个人宽窄,地面上结了一层冰,一不小心就会滑倒,而河道两旁全是嶙峋的山石,人撞上去必伤无疑。如果没有穿特制的防滑鞋,基里亚不知道会摔多少个跟头。

此刻的基里亚已经没有了退路,只能一个劲地朝前走。也不知道走了多长时间,前边出现了一个岔道,一条向西,一条向东。基里亚觉得走哪条道都差不多,便没有多想,就朝着向东的那条道走下去。他没有注意到,在他经过向西的那条岔道口时,腕表上的定位指示灯忽闪了一下。事后他才知道,当时他做出的是一个错误的选择,如果是顺着向西那条道走下去,他就可以回到地面上。

走了大约一个小时的工夫,基里亚觉得脚下的路明显地向下方倾斜。在斜坡的底部,竖着一块巨大的山石,正好把山洞堵个严严实实。基里亚的心头顿时一凉。当他走到这块巨石跟前时,才发现它的右边有个圆形的洞口。他试了一下,可以爬出去。洞里边黑糊糊的,不知道隐藏着什么危险。但既然到了这个地步,前边就是刀山火海也得闯了。基里亚队长不再犹豫,弯下腰就钻了进去。

让基里亚稍感意外的是,他只在这个山洞里爬了十几米远,就进到一个宽敞高大的山洞里。他起初以为自己又回到了阿加尔塔秘道中,但仔细一打量,便确定这是一条新的秘道,因为阿加尔塔秘道的地面和洞壁都经过了精心修整,而这条秘道完全是一个自然形成的山洞,地面凸凹不平,山洞时高时矮,最高的地方三四个人摞起来也摸不到顶,矮的地方人要猫着腰才能通过。山洞两旁

还有许多宽宽窄窄的裂缝。如果大脚雪怪就藏身在某个裂缝里,随时都可以对他发起突然袭击,将他置于死地。想到这里,基里亚不由得握紧了他那把科尔特型手枪。这把手枪还剩下最后一个弹夹,如果一下子涌出十几个大脚雪怪,他完全没有全身而退的把握。眼下他只能向上帝祈祷,赶紧离开这个是非之地,千万不要碰上可恶的大脚雪怪。

基里亚迅速观察了前后左右的情况,发现这个山洞也有一些微微的倾斜。根据常识判断,朝着倾斜的下方走去,就意味着有可能离地面越来越远。基里亚转过身来,朝着倾斜的上方走去。

此时的基里亚已经非常疲惫,但是他顾不上休息,打起精神来抓紧时间赶路。距离地面越近,逃生的可能性就越大。

他此时还不知道,库拉已经和费雷佐带领着两名护卫队员进入了阿加尔塔秘道。两辆"众神之车"已经守候在秘道入口处待命,他们两个人乘上其中的一辆,朝着那个有怪鱼雕塑的山洞疾驰而去。库拉断定基里亚队长已经进入到那条秘道中,他不知道出口在哪里,而这条秘道很可能是大脚雪怪的活动区域,因此他处境危险,急需救援。

基里亚队长朝着山洞的上方走了大约四五个小时的光景,突然听到前边的一个拐弯处传来一阵"呼哧呼哧"的声音,还有急促的脚步声。基里亚立即警觉起来,隐身到路边的一个裂缝里,把手枪举在胸前。

不大工夫,只见一个大脚雪怪现身了。随后又跟上来一个大脚雪怪。基里亚急忙把头缩回来,免得被大脚雪怪发现。

大脚雪怪越走越近,沉重的呼吸声和脚步声也随之越来越近,就好像响在基里亚的耳畔。他屏住呼吸,一动也不敢动,心中暗暗祈祷,但愿自己藏身的这个裂缝不是他们的通道。

万幸的是,那两个大脚雪怪没有停脚,走过了这道裂缝,又接着向前走去。

基里亚悄悄地探出头去,想看看他们要到哪里去。

他看到了一个大脚雪怪的身影,还看到他的手中抓着一个人。这个人耷拉着脑袋,两只手软绵绵地垂向地面,好像被催眠了一般。基里亚看不清他的相貌,但是从他的服装可以判定,那是自己手下的一名护卫队员。

基里亚队长觉得自己的脑袋"嗡"的一声,就好像全身的血液都涌进了脑子里。

大脚雪怪力气很大,腋下夹个人依然行走如飞,用不

了一两分钟他们就会消失在山洞的深处,那时候想要找到他们就会如同大海捞针一般。

基里亚来不及多想,举起手枪就朝着大脚雪怪的头上搬动了扳机。一串子弹射了出去,打在山洞顶部的石头上,迸出一溜火星。与此同时,那震耳欲聋的枪声在整个山洞中回荡开来,久久不绝。

这突如其来的巨响把大脚雪怪震懵了,他们愣在原地不敢动弹,还傻乎乎地回过头来望去。

走在后边的那个大脚雪怪看到的是一个黑洞洞的枪口,只见从这个枪口里冒出一团火,还没有听见枪响,他就已经栽倒在地。

一颗子弹穿胸而过,一团鲜血在迅速扩大,流到了地面上。另一个大脚雪怪被这情景吓坏了,扔下夹在腋下的人转身就跑。

基里亚三步并作两步冲了过去,扶起那个穿制服的人,果然是他的一名部下。这个护卫队员配备的冲锋枪和对讲机全都不见了,但是他腰间的手枪还在。基里亚扶起另外一个人,他不认识,但从装束上看,这个人应该是难民。

这两个人好像得了昏睡病,对外界发生的事情浑然不知,到了这般田地依然在呼呼大睡。基里亚又是推又是晃,他们俩还是睡不醒。基里亚急坏了,抽了他俩每个人四五个耳光,还是一点用处也没有。

怎么办?难道还能把他俩扔下不管吗?既然大脚雪怪能拿地下小怪人当美餐,就一定能吃人。扔下他们不管,就等于给大脚雪怪送干粮。

如果在平时,人高马大的基里亚完全可以拖动这两个人,可是现在他已是精疲力竭,一个人走路都很吃力,哪里有力气把这两个人都带走呢?

基里亚思索片刻,从腰间解下皮带,松开上边的扣子,把它扣到那个护卫队员的腰带上,然后拖起他往前走。走了十几米远,把他放下,解下皮带,再回转身来把它扣到那个难民腰间的带子上,再拖出十几米远。就这样轮流往前拖,他一个人居然把两个上百斤的汉子拖出了两三公里。

汗水从基里亚的额头上滚落下来,落到了坑坑洼洼地面上,他的后背全都湿透了,整个人好像从水里捞出来似的。他觉得自己快要虚脱了,但他还在咬紧牙关坚持着。

忽然,他听见身后传来沉重的脚步声,急忙回头望去,这一下动作过猛,顿时眼前金星乱冒,迫使他不得不闭上眼睛。等到他睁开眼睛时,只见一个大脚雪怪正恶

狠狠地向自己扑来,他那毛茸茸的爪子眼看就要抓到自己的脸。他轻描淡写地举起手枪,一扣扳机,那个大脚雪怪就像变戏法一样消失了。

基里亚正想睡觉,但是又有好几个大脚雪怪一起向自己扑过来。基里亚苦笑了一下,在心里说:"连睡觉都做噩梦!"于是他举起手枪,随手一扫,子弹夹一扫而空,那些大脚雪怪又不见了。

"真讨厌!"基里亚队长随口嘟囔了一句,接着把手枪一丢,头一歪,真的睡着了。

他不是在做梦,他见到的大脚雪怪都是真的呀!

库拉和费雷佐带领领护卫队员正在这条秘道里搜索前进,忽然听见前边响起了枪声。那两名护卫队员不等库拉吩咐,便飞也似地冲上前去。眼前出现的情景令他们心寒胆战,十几个大脚雪怪正围上来,最前边的那个大脚雪怪已经抓起了基里亚的一只胳膊,呲着白森森的獠牙,正要对基里亚下口。

那两名护卫队员不敢怠慢,同时举起手枪,双枪齐发,两个大脚雪怪应声栽倒在地,后边的那些大脚雪怪转身便跑。等到库拉和费雷佐赶到时,大脚雪怪已经逃得干干净净,秘道里一片寂静,就好像这里什么也没有发生过似的。

第十二章

尽管洛雷塔和布莱克做了很多工作,后勤基地还是遭到了大脚雪怪的偷袭。洛雷塔为了保护拉拉,竟然丧命在大脚雪怪的魔爪下。

基里亚他们三个人都被运进了阿加尔塔秘道。他们还在酣睡。基里亚是累倒的,睡过一大觉就可以恢复;那两个人是吃药造成的,要等药力挥发完毕才能清醒过来。

库拉想把他们三个人一起运回后勤基地,便打开微型电脑,与布莱克取得联系。往常一发出音频信号,布莱克的声音就会马上传过来,仿佛他整天就长在电脑边上。可是今天的情形有些古怪,布莱克那里毫无动静。他与"伊甸园"特别行动组指挥中心取得了联系,让他们帮忙找到布莱克,对方的回答是他们已经与布莱克失去了联系,原因目前还没有查明。

他看到了一个大脚雪怪的身影,还看到他的手中抓着一个人。这个人耷拉着脑袋,两只手软绵绵地垂向地面,好像被催眠了一般。基里亚看不清他的相貌,但是从他的服装可以判定,他是自己手下的一名护卫队员。

这是从来没有过的事情。以布莱克的水平,出现这种静默绝对不会是技术故障造成的。难道说……库拉突然有了一个可怕的预感,他没有工夫向费雷佐说明什么,拉上他就走。临走时他把基里亚交给那两名护卫队员,让他们负责把他安全地运回后勤基地。

库拉和费雷佐从那个不知名的火山口出来,呼唤来等候在山谷中的直升飞机。此时天刚蒙蒙亮,那个睡眼惺忪的直升机驾驶员不知道发生了什么事情,也不敢多问,库拉让他干什么他就干什么。

直升机飞临后勤基地上空,却没有降落,而是在空中绕起了圈子。

从高处看,后勤基地好像没有任何变化。直升机降低高度后,库拉和费雷佐几乎同时发出一声尖叫。他们看到有十几顶太阳能帐篷被撕破了,好像泄气的皮球一样平摊在地面上。

就在这时候,布莱克的声音忽然响了起来:"库拉,费雷佐,你们在哪里?"

库拉一把抓起直升机上的送话器,一连声地叫道:"快说,发生了什么事情?快说!"

"我们遭到了大脚雪怪的袭击!"

库拉的预感变成了现实。"怎么样了?"

"洛雷塔……拉拉……"布莱克的声音中带着哭腔,显然是发生了意外。

"快说,洛雷塔和拉拉怎么了?"库拉高声叫道,却没有勇气往下想。

"你们赶快回来吧!"

直升机降落在一顶被撕破了太阳能帐篷前,这里是洛雷塔他们几个人研究如何营救基里亚队长的地方,也是库拉把拉拉托付给洛雷塔的地方。如今,这两个人都不在帐篷内,而帐篷里的物品扔得到处都是。在一张没有翻倒的行军床上,两个巨大的脚印赫然在目。

在距离这顶太阳能帐篷不远的地方,库拉见到了布莱克。他坐在地上,双手抱着头。他的身旁摆放着一具尸体。

库拉做梦也没有想到,这失去生命的人竟然会是洛雷塔。

库拉和费雷佐跪倒在洛雷塔的身旁,两个人没有放声痛哭,却都是泪如泉涌。洛雷塔的头部没有伤痕,可是左胸的外衣和内衣都被撕破了,露出一个血窟窿。

"这是怎么回事?"库拉愤怒地揪住布莱克的衣领,通红的眼睛好像能喷出血来。"我是怎么向你交代的?怎么能让大脚雪怪闯到这个地方?护卫队员哪里去了?你

不知道洛雷塔博士需要特别的保护吗?"

布莱克低垂着头,任凭库拉数落,一句话也不回。

费雷佐在布莱克的身边蹲下来,轻声地安慰他。布莱克的情绪渐渐地平静起来,断断续续地讲述起昨天晚上发生的事情。

库拉和费雷佐走后,布莱克就按照库拉的叮嘱,调试好了所有的热源探测仪,对整个后勤基地实施全面监控。毫不夸张地说,假如有一只蚊子飞进来,也会捕捉住它的踪迹。洛雷塔亲自把后勤基地的所有护卫队员分成两组,一组巡逻一个小时,按时交接班。洛雷塔特地要求他们务必坚持12个小时以上。

洛雷塔把几名直升机驾驶员调到充当指挥中心的那顶帐篷里,与他和拉拉住在一起。布莱克提议抽调两名护卫队员到他身边,洛雷塔认为没有这个必要。假如大脚雪怪真的来了,那么守在前边的护卫队员应该是越多越好,他们把大脚雪怪挡住了,这里就没有什么危险了。

布莱克觉得洛雷塔的想法很有道理,也就不再坚持自己的意见了。事实证明,库拉、布莱克和洛雷塔在这里都犯了一个常识错误。不管是人还是动物,都会散发出一定的热量,而只要有热量,就会被热源探测仪捕捉。大脚雪怪也散发热量,但他们身上厚厚的毛发就像披着一床大棉被,把热量几乎全部裹在里边。再者,他们可以藏身在雪堆里边,上边是几米甚至几十米厚的积雪,即便他们身上有一点热量散失出来,也会被积雪吸收掉了。正是因为这个原因,不管布莱克把眼睛瞪得多大,不管有多少护卫队员在巡逻,也看不到一批批的大脚雪怪已经悄无声息地潜伏到了他们的脚下。

夜幕完全降落下来,后勤基地所在山谷笼罩着一片黑暗之中,只有那些太阳能帐篷中向外射出黄色的光亮。

库拉走后,拉拉一直静静地蹲在洛雷塔那张行军床上,一动也不动。没有人知道他是醒着,还是睡着了。

突然,他发出一声怪叫,听上去就像那个被释放的大脚雪怪发出的吼叫声一模一样。洛雷塔诧异地转过头去,站起身来刚想走过去看看拉拉是怎么了,拉拉已经蹿到他身边,躲到帐篷的一个角落里。

洛雷塔随后跟上去,学着库拉的样子,用手轻轻地抚摸着他的后背。洛雷塔见到过拉拉受惊时的情形,往往是库拉一通抚摸,他就会安静下来,可是这一招现在不灵了,他抚摸了半天,拉拉还是一个劲地往角落躲。洛雷塔从拉拉头上的电子头盔面罩望进去,看到他紧闭着双眼,嘴唇不停地发抖。

"拉拉,你这是怎么了?"洛雷塔明知道拉拉听不懂自

已说话,但他还是忍不住这样问道。他推测拉拉一定有什么重要的话要说,但库拉不在这里,没有人能与他沟通。

洛雷塔想请库拉帮个忙,但是他和库拉联系不上,很可能他已经进入了那个秘道,信号传不出来。他又想与布莱克取得联系,想问问他那里有没有发现什么异常情况。还没等他开口,布莱克惊恐的声音已经从音频装置传了出来。

"大脚雪怪吗?这么多!他们是从哪里来的?"

在洛雷塔面前的电脑屏幕上,热源探测仪的信号已经通过成像仪传输了过来。这些图像只是一些黑白的轮廓,好像活动的骷髅,但洛雷塔一眼就能分辨出来,他们的的确确是大脚雪怪。最让洛雷塔吃惊的是,这些大脚雪怪不是出现在后勤基地的外边,而是出现在后勤基地的中心地带。他们身后不远处就是一顶太阳能帐篷,这里是布莱克手下的技术人员夜间休息的地方。

"马上起床!把通讯中心保护起来!"洛雷塔的身前有一排对讲机话筒,其中有一个直通护卫队员休息的那个帐篷。他打开这个话筒,急促地叫道,同时按响了警报器。顿时,尖细的警报声响彻了整个后勤基地。

洛雷塔本想把巡逻队调回来,但他犹豫了一会儿,还是打消了这个念头,命令他们继续加强外围巡逻。如果大脚雪怪没有全数出动,而他贸然把巡逻队调了回来,他们就会乘虚而入,那后果就不堪设想了。从大脚雪怪发动的这个偷袭行动来看,对他们的智商不能低估。

事实证明,洛雷塔在这里又犯了一个判断错误,或者说他过高地估计了大脚雪怪的智商。他们全都闯进了基地中心,有的就是从距离太阳能帐篷十几米远的地方钻出来的。他们没有什么组织,从积雪下边钻出来后,见了东西就狂撕乱咬,撕不动咬不动的就推翻在地,用硕大无比的脚板乱踩乱踏,直到解恨为止。在一通疯狂的发泄后,他们才不约而同地把目标集中到那些太阳能帐篷上,从四面八方扑上去,又是一通狂撕乱咬。

洛雷塔把所有的指令都发布出去,这才命令那几名直升机驾驶员带上佩枪,离开这个帐篷,先找个地方躲一躲。然后,他走到帐篷的角落里,抱起仍然浑身发抖的拉拉,跟在那几个驾驶员的身后,走了出去。

洛雷塔万万没有想到,他们几个人刚一离开帐篷,就被一大群大脚雪怪包围了起来。他们发动这次偷袭,就是想吃几个人解恨,撕咬物品远远不能让他们泄愤。就在这时候,他们突然间见到了被他们视为仇敌的人,顿时红了眼,发出"嗷嗷"的怪叫,发疯一般冲上来。

那几个直升机驾驶员虽然不是出身特种部队,但毕竟受过专门训练,反应奇快,迅速展成一个半圆,把洛雷塔和拉拉护在当中。

大脚雪怪扑上来了!迎接他们的是一排手枪齐射,最前边的几个大脚雪怪立刻栽倒在地,但是当场只死了一个,其他几个受了重伤,捂着流血的伤口在地上滚来滚去,狂喊乱叫。后边的大脚雪怪见状不敢再往上冲了,退到十几步远的地方。

直升机驾驶员们谁也没有动弹。他们的佩枪只是防身用的,口径小,射程近,杀伤力不强,而且子弹不多,如果贸然向外分散突围,手枪就会失去效力。目前最好的办法就是集中在原地不动,等待援兵的到来。

洛雷塔不知道他们心中的想法,他看见大脚雪怪退走了,还以为他们被打怕了,急忙高声叫道:"让他们知道害怕就行,不要再开枪了!"

那些退回去的大脚雪怪没有散开,而是聚在一起嘀嘀咕咕了一会儿,又缓慢地从东南西北四个方向围了上来。他们走到距离那几个驾驶员十几步远的地方就不走了,有的呆呆地站在那里不动,有的干脆坐到地上。

这样的对峙让直升机驾驶员们一筹莫展。不管他们向那个方向开枪,都会给其他三个方向的大脚雪怪赢得时间。只要三两个腾跃,他们就可以窜到驾驶员们的身后。

驾驶员们没有经过商量,就分别面对着四个方向站好,枪口却对准了天空。"砰砰!""砰砰!"以现在的态势,再打倒几个大脚雪怪已经于事无补了,只有赶快报警,让援兵尽快赶到。

四颗子弹在夜空中划出四条光带,交叉到一起。这不是国际救援组织规定的报警信号,但是这种奇异的图案一定会引起基地里护卫队员们的警觉。

大脚雪怪们的攻击又开始了!这一次他们是从四个方向分别开始行动,直升机驾驶员们不得不分成四组,对付来自四个方面的攻击。驾驶员的人数很少,有两个方向只有一个人,拿着一把手枪和一帮大脚雪怪对抗,已经是自身难保,再也没有能力保护洛雷塔和拉拉的安全。

趁着大脚雪怪还没有围上来,洛雷塔的第一个念头就是赶紧逃跑,但是惊恐万状的拉拉发出的一声尖叫引来了很多大脚雪怪,使得他俩丧失了稍纵即逝的逃生机会。这些大脚雪怪似乎对拉拉更感兴趣,争先恐后地扑上来争夺拉拉,竟然把洛雷塔扔在一边不管。

看着架势,拉拉一旦落进大脚雪怪的手里,转眼间就会被他们撕成碎片。情急之下,洛雷塔来不及多想,抓起

拉拉的手和脚,就像掷铁饼一样,把他从大脚雪怪们的头上甩到了外边的一条山沟边上,拉拉就地几个翻滚,掉进山沟里不见了。

大脚雪怪被激怒了,他们恶狠狠地把洛雷塔打倒在地,扑上去狂撕乱咬……

就在这时候,护卫队员们赶来了,无柄冲锋枪密集的火力打得大脚雪怪抬不起头来,全都趴到了地上,还有一些干脆钻进雪堆里不见了踪影。

然而,他们还是来晚了,只是救出了那几个直升机驾驶员,洛雷塔却停止了呼吸。他们还到山沟里找过拉拉,却没有发现他的踪影。如果他只是吓晕了或者是掉进山沟里摔死了,以护卫队员的搜索能力,肯定能把他找到。他的失踪还有一种可能,那就是被大脚雪怪掳走了。如果是这样,他几乎就没有生还的可能性了。

一夜之间库拉就失去了洛雷塔和拉拉这两个好朋友,这让他如同利刃剜心一样痛苦。此刻,他只能在心中暗暗地为拉拉祈祷:"我的小怪人朋友,上帝一定会保佑你的!"

第十三章

基里亚队长率领四名全副武装的护卫队员闯进大脚雪怪的地下巢穴,他要把这些吃人的恶魔全都消灭干净,为尊敬的洛雷塔博士报仇雪恨。

基里亚队长回来了。他睡了一大觉后,体力已经恢复了十之八九,行动完全自如了。库拉知道他和洛雷塔的感情很深,不想让他看见洛雷塔尸体的惨相,免得他受刺激,但是他坚持说要看洛雷塔最后一眼,库拉无法拒绝这个充满人性的要求,只得把他带到存放洛雷塔遗体的那顶帐篷里。

让库拉感到意外的是,见到洛雷塔的尸体后,基里亚队长居然一滴眼泪都没有掉,表情非常平静。这平静反倒让库拉觉得可怕,洛雷塔的死可以让他怒火中烧,却不

会让他变得如此冷漠。他的心中在想什么？库拉对这位基里亚队长有几分了解，他是一个想到一分就能做到十分的人，无所作为从来就不是他的作风。

基里亚一声不响地走了，连个招呼也不打。不大一会儿，他又带着四名全副武装的护卫队员回来了。他还是一句话也不说，那四名护卫队员走上前来，将洛雷塔的遗体放在一个折叠式担架上，抬起来就往外边走。

库拉追到太阳能帐篷门口，对着基里亚的背影叫道："你要把他运到哪里去？"

基里亚头也不回地走了，好像根本没有听见库拉的话。库拉还想往外追，却被守在门口的两名荷枪实弹的护卫队员拦住了。他们彬彬有礼却以不容商量的口吻说："库拉博士，没有我们的允许，你无权离开这个帐篷一步。"

"基里亚，你想干什么？"

晨风中飘来基里亚的回话："库拉博士，你只要听话，就没有人为难你！"

库拉无奈地转过身来，走到工作台前，发现通讯联络系统还在正常运转，即时监控画面也没有中断。从电脑屏幕上，他看到基里亚队长把洛雷塔的遗体运到后勤基地外边的一个山坡上，用冰雪为他修了一个高高的坟堆。

他拔出匕首,在坟堆的正面刻下一个大大的"16",这是洛雷塔在"伊甸园"特别行动组中的编号。然后,他举起挎在胸前的无柄冲锋枪,对着天空一口气射光了整整一个弹夹。他又掏出一个弹夹,安到冲锋枪上,随后大踏步地朝着远方走去。那四名全副武装的护卫队员排成一列,紧紧地跟了上去。

"布莱克,他们要到哪里去?"库拉问道。

"我不知道。他什么也没有跟我说,却派人把我们全都软禁起来了。库拉,你那里情况怎么样?"

库拉没有回话。他悟到了基里亚的苦心,他这样做是为了保护留在后勤基地里的人的安全。正因为如此,他只带走了四名护卫队员,而把大部分护卫队员都留了下来。他一定是去找大脚雪怪算账,为洛雷塔报仇雪恨。库拉不禁为他担起心来,这一去一场恶斗在所难免,就他们五个人能不能斗得过大脚雪怪呢?

库拉推测得丝毫不差,此刻的基里亚满脑子只有一个念头,那就是为尊敬的洛雷塔博士报仇。他知道大脚雪怪的地下巢穴在哪里,就是他失足滑进去的那个圆形"大厅"。那里有许多暗河河道,每一个都有可能藏有大脚雪怪,他决心从头搜索下去,一个也不漏过,非把这些吃人的恶魔消灭得干干净净,才能解除这心头之恨。至

于人数上的绝对劣势,他根本没有放在心上。他挑选来的这四名护卫队员,都有一身过硬的功夫,别说是对付手无寸铁的大脚雪怪,就是手持武器的暴徒,也能够做到以一当百。更为难得的是,他们对于基里亚队长无限敬佩,只要基里亚发一声号令,就是豁上性命也不会眨巴一下眼睛。

基里亚在前边带路,顺着那条暗河河道再一次走到双层河道的洞口。一个护卫队员解下腰间的尼龙索,一头系在一块巨石上,另一头系在基里亚的腰间。基里亚往前一迈步,整个身体就滑了下去。这一次有绳索拽着,他的下滑速度不是很快,能够感觉到身下全是冰,两旁也都是冰,整个人就像坐冰滑梯一样,滑到了下层河道的底部。

那四名护卫队员随着他也一个一个地滑了下来。

一名护卫队员朝着洞顶开了一枪,一枚高能聚光弹爆裂开来,把整个地下河道照得一片通明。

这一次基里亚看得更清楚了。这里是一个宽阔的所在,大约有上百平方米的样子,地面上全是冰,四周全是冰柱,让聚光弹的白光一照,反射出晶莹的光亮。如果这里没有大脚雪怪藏身,简直就是传说中的神仙洞府。

又是一枚高能聚光弹发射出去,再次照亮了这个地下"大厅"。

基里亚这样做当然不是为了照明,而是想把大脚雪怪吸引出来。他们和人一样,也有好奇心,见到如此强烈的白光,不会不出来看个究竟。

基里亚的这个计策很快就见效了。等到第三枚高能聚光弹爆裂开来后,冰面上已经出现了黑糊糊的影子。大脚雪怪们躲在洞口没有现身,却没有想到影子把他们出卖了。

基里亚悄悄地端起冲锋枪,对准一个有影子晃动的山洞突然开火。子弹像急风暴雨一般扫了出去,只听见"哎哟"声接连不断,显然有不少大脚雪怪被打中了。

"追!"基里亚队长一声令下,四名护卫队员紧随着他冲进了那个山洞。

洞口处的地面上躺着好几具大脚雪怪的尸体,还有一些没有死的,基里亚随手补上一枪,他们就全都一命呜呼了。

一名护卫队员扔出一枚高爆手雷,它带有自动附着装置,扔到哪里就会固定在哪里,不会滚离目标。

这枚手雷被扔到远处河道的一个拐弯后边,紧接着就发生了爆炸,顿时一片硝烟弥漫。基里亚不等硝烟散尽,就冲了过去,藏在一块巨石后边的十几个大脚雪怪全

都当场毙命,有几个脑袋被炸烂了。

基里亚估计这条地下河道里的大脚雪怪已经被消灭得差不多了,就带领他的部下撤退出去,进到另一条地下河道里。

这条河道没有什么拐弯,但是两旁有不少冰柱,好像地下森林一般。大脚雪怪藏身到冰柱中间,就像兔子藏到树丛里,找起来很费劲。基里亚端起冲锋枪一顿猛扫,大脚雪怪以为自己被发现了,纷纷从藏身的冰柱后边窜出来,企图躲到别的冰柱后边。

基里亚的四名手下个个都是神枪手,只要大脚雪怪一露面,就休想逃脱。转眼工夫,冰柱之间就躺满了大脚雪怪的尸体。

基里亚的逐洞歼击策略很快就大见成效,躲在地下河道里的大脚雪怪几乎全部被当场击毙,侥幸逃脱的不过二三十个,他们不顾一切地窜进基里亚曾经进入过的那条暗河河道,试图为自己打开一条生路。

基里亚不想放过他们,右手一挥,再次带头钻进这条地下河道。

第十四章

地下小怪人打了一场歼灭战,消灭了逃进秘道里的一伙大脚雪怪。他们把一些褐色的东西送给基里亚,好像是送给他的礼物。

这条地下河道很难走,基里亚是领教过的,但这一次情况不同了。他打开头上的高能聚光灯,把地面和洞壁照得一片通明,用不着摸索着往前走,因此前进速度要比上次快得多。尽管如此,还是没能追上跑在前边的大脚雪怪,他们长年在这里活动,对地形了如指掌,再加上身体强健,行走如飞,如果光拼速度,基里亚他们还真不是大脚雪怪的对手。

基里亚并不着急。从这条地下河道出去,就进入了那条秘道。它的一头通往地下,另一头的出口在那个怪鱼雕塑的底下,他们无处可逃,注定成为瓮中之鳖。

小怪人们不断地掷出火山熔岩,有一些直接掷到了大脚雪怪们的身上,烫得他们吱哇乱叫,却也无可奈何,只得步步后退。

在地下河道的尽头,基里亚找到了那块巨石,从它右边的圆形洞口钻进去。跟在他后边的四个护卫队员也一个接一个地钻了进去。

他们走的是一条寒洞,要不是穿着太阳能增温衣,洞里的寒气会把人冻透。对于这个洞中的寒冷,基里亚队长已经是习以为常了。就在快要钻出这个山洞时,他突然感觉到一股热浪涌了进来。借助高能聚光灯的光亮,他看到洞壁上冰柱全都融化了,变成冰水在地面上四处流淌。

幸好这热浪不是接连不断地往里涌,基里亚趁着洞口的温度有所下降的时候,连滚带爬地钻出这个山洞,进到那条宽敞的秘道里。

秘道里光线幽暗,基里亚队长用高能聚光灯向远处照去,惊讶地发现那二三十个大脚雪怪竟然待在那里一动不动。在他们的前边远远地站着一群地下小怪人。面对着自己往日的腹中之物,大脚雪怪却再也威风不起来了。

基里亚往前走了几步,又是一个热浪把他逼退了好几步。

很快他就搞明白了。大脚雪怪怕的不是地下小怪人,而是他们掷出的火山熔岩。小怪人们把火热的火山熔岩直接用手搓成团,趁热扔了出去,滚到大脚雪怪的脚边。雪怪们不惧冰雪,却怕高温,吓得连连后退。

这个时候基里亚他们几个要是从背后冲上去,一通扫射,这些大脚雪怪一个也跑不了,但是基里亚不打算这样做。他想看看地下小怪人是怎么对付他们的。这些恶魔把小怪人欺负得够惨了,也该小怪人们出口恶气了。

小怪人们不断地掷出火山熔岩,有一些直接掷到了大脚雪怪们的身上,烫得他们吱哇乱叫,却也无可奈何,只得步步后退。

在一旁观战的基里亚看得很清楚,此时的大脚雪怪已经完全丧失了抵抗能力,只需最后的一击,地下小怪人就可以大获全胜。

小怪人们似乎知道基里亚队长心中想些什么,但他们的做法要比基里亚想象的更高明一些。他们不是从正面发起攻击,而是从背后突然下手。

从洞壁上的一条山缝里,一下子掷出数不清的火山熔岩,好像下暴雨一般。它们形状各异,有方的,有圆的,有大的,有小的,但都是暗红色的,冒出灼人的热气。

这些火山熔岩就像在大脚雪怪们的身后放起一把大

火,逼得他们只能往前逃,而前边的火山熔岩已经越垒越高,眼看着就要把洞口堵死了。他们前进不得,后退不能,而周围的温度却在不断升高。没过多大工夫,他们就坚持不住了,一个接一个跌倒在地,断绝了气息。

地下小怪人发动的这场歼灭战打得干净漂亮,看得基里亚瞠目结舌。看来,这些小怪人并不简单呀!让人猜不透的是,他们的同类被大脚雪怪吃掉了那么多,为什么不早早地把这个招数使出来呢?

一群地下小怪人从刚才投掷火山熔岩的裂缝里涌出来,又是蹦又是跳,嘴里发出"唧唧"的叫声,还有节奏地拍打着自己的胸口。看样子他们是在欢庆这场胜利。

一个小怪人从他们的队列中走出来,远远地停下了,冲着基里亚打了好几个手势。很显然,他早就发现了藏身在巨石后边的基里亚。

基里亚想起了他最敬佩的库拉博士,要是他在这里就好了,一定会弄明白小怪人的意思。

他迅速打开随身携带的微型电脑,用摄像装置把眼前发生的这一切全都录制下来。他相信这对库拉博士会很有用处。

那个小怪人拿出一些褐色的东西,形状是窄窄的长长的。他拽起一根,放在嘴里嚼了嚼,整个咽下去,然后又把那些东西放到地上,唧唧喳喳地叫了几声,然后退到他的同伴中间。

基里亚不知道他说了些什么,但猜得出那些褐色的东西是可以吃的。小怪人们也许是把它们当成礼物送给自己。既然如此,基里亚就不能把它丢下,以免辜负了小怪人的一番好意。

地下小怪人们退走了。

大脚雪怪消灭光了,基里亚队长的大仇报了,他也该离开这里了,但他并未感到丝毫的轻松,步伐反倒越发沉重起来。

他想起了心地善良的洛雷塔博士。他们两个人相处的时候,洛雷塔给他讲过很多生物学方面的知识,还对他说过,人类犯过的最大错误之一就是未能和各种动物和谐相处。基里亚开玩笑地对他说:"那就把狮子、老虎全都杀光,只留下小白兔那样的动物,人和动物就可以和谐相处了。"

洛雷塔正色答道:"猛兽处在食物链的最高端,对于生态平衡来说,它们的作用要比小白兔大得多。假如没有他们,食草动物就会过度繁殖,草原很快就会被它们啃

光,变成沙漠。到头来,受害的还是人类。"

洛雷塔三言两语就把道理说得清清楚楚,让基里亚敬佩不已,然而落实到具体事情,他就无法做到像洛雷塔那样有理智了。他不禁在心里问自己:"假如洛雷塔博士还活着,会同意自己把大脚雪怪全都斩尽杀绝吗?"他找不出这个问题的答案。也许库拉博士能够为他解开心中这个疙瘩。

第十五章

一伙大脚雪怪在后勤基地中现身,但是他们并没有发动攻击,而是仓皇逃窜。基里亚队长指挥直升机追踪而去。

基里亚带着他的手下一回到阿加尔塔秘道中,立即通过对讲机给后勤基地的护卫队员发去命令,告诉他们危险已经解除,可以停止对库拉博士等人实施的特别保护。随后,他又通过布莱克联系上了库拉,把他见到地下小怪人的事情对他讲述了一遍。

当库拉从电脑屏幕上见到小怪人打的手势时,他告诉基里亚这是他们在表示感谢。而当库拉见到小怪人最后打的那一连串手势时,不禁惊叫起来:"基里亚队长,赶快带着你的人回来!要出事!"

基里亚不敢怠慢,赶紧乘上"众神之车",朝着阿加尔

塔秘道的出入通道方向飞驰而去。

在往回赶的路上,库拉告诉基里亚,地下小怪人很友好地警告他,有一伙大脚雪怪顺着通向地面的山体裂缝溜掉了。地下小怪人不敢涉足寒冷的地方,因此无法提供他们逃跑的具体方位。

"这是真的?"基里亚听到这个消息,不禁惊出一身冷汗。如果这伙大脚雪怪存心报复,肯定是冲着后勤基地去的。难道说洛雷塔的悲剧还会重演吗?

基里亚本想立即给后勤基地的护卫队员下达命令,但话到嘴边又停了下来。离开佛罗里达时,拉伍德先生单独嘱咐过他,让他绝对听从特别能行动组专家们的指挥:"你的任务不是发现大脚雪怪,而是保证专家们的生命安全!"然而,洛雷塔的不幸遇难使他把拉伍德先生的叮嘱忘在了脑后,直到消灭了那么多大脚雪怪,他心中的复仇怒火才渐渐地降低了温度,理智重新占了上风。

"库拉博士,基里亚队长及其全体护卫队员随时准备接受您的调遣。"

"基里亚队长,你就下命令吧!我和费雷佐、布莱克全都信任你。"

"谢谢您,库拉博士。"基里亚的这句话发自肺腑。他知道库拉已经原谅了自己的鲁莽,同时也感觉到肩头上担子的沉重。

"后勤基地的全体护卫队员请注意！后勤基地的全体护卫队员请注意！"基里亚队长通过对讲机连续呼叫道。"不管你们此刻在什么位置，马上向库拉博士的临时指挥中心集合，同时将基地里的所有人员都集中到那里，一切行动听从库拉博士的指挥。"

基里亚队长刚一离开阿加尔塔秘道的出口，坐上紧急调来的直升机，又向后勤基地的护卫队员发布了第二道命令："护卫队员分成六个巡逻队，在帐篷外轮流巡逻，每次巡逻的间隔不能超过一分钟。"

基里亚队长丝毫不敢大意。真正交起手来大脚雪怪远远不是护卫队员们的对手，但是他们隐身在雪堆里，随时随地都可以发动突然袭击，让人防不胜防。他们的凶残基里亚也是领教过的。

不到一个小时的工夫，基里亚乘坐的直升机飞行就已经飞到了后勤基地的上空。但是他却下令驾驶员不要降落，在空中盘旋。如果大脚雪怪突然现身的话，在空中观察起来会更清楚一些。想到这里，他又给后勤基地的其他三位直升机驾驶员下达命令，让他们轮流升空，交替进行空中监视。

布置完这项任务，基里亚队长仔细地考虑了一番，认

为自己做的已经是天衣无缝了,那颗一直惴惴不安的心才平稳了下来。

就在基里亚在空中等待另一架直升机前来换班的时候,他右侧的监视屏上突然冒起一团雪雾,坐在他前边的直升机驾驶员同时发出一声惊叫:"快看!"

基里亚队长一面吩咐驾驶员下降高度,一面调整监视屏的图像,将焦点对准那团雪雾的中心。

那团雪雾出现的地方距离库拉的临时指挥中心大约半公里,随着它越来越大,雪雾的边缘已经快要接近那几顶太阳能帐篷了。大脚雪怪会不会懂得借助雪雾的掩护发起攻击呢?按理说,大脚雪怪这点智商还是有的。

"基里亚队长,我们怎么办?"对讲机里传来地面上护卫队员的紧急呼叫声。基里亚看到六个巡逻队全都出动了,把库拉等人住的帐篷团团围住。正面朝着那团雪雾的巡逻队员们一律冲锋枪向前平举,只要基里亚一声令下,不管这团雪雾中藏着什么东西,都会被狂风一般的弹雨所淹没。

基里亚没有下令。经过那场血腥味十足的屠杀,再加上地下小怪人的截杀,大脚雪怪不会剩下多少了,而且侥幸逃脱的肯定已经心寒胆战。为了复仇他们可能搞个偷袭什么的,但让他们大规模地发动正面进攻,从情理上说不过去。难道说他们真的不怕死吗?

就在基里亚迟疑不决的时候,那团雪雾停止了扩散。突然间,一伙大脚雪怪从雪雾中钻了出来,把护卫队员们吓了一大跳。

"嗒嗒嗒!"有人开枪了。但是这梭子弹没有射向大脚雪怪,而是射向空中。

"不准开枪!不准开枪!"基里亚一把推开对讲机,抓过扩音器,直接对地面大声喊话。他的声音在山谷里来回震荡,发出阵阵回声。

基里亚很快就看清楚了,那伙大脚雪怪起码有上百人,他们几乎在同一时间从雪堆里钻出来,难怪折腾出那么一大团雪雾。他们钻出来后,并没有向后勤基地里冲去,而是朝着相反的方向奔跑。听到枪声和喊话声后,他们跑得更快了,连回头看一看都不敢,显然是一群惊弓之鸟。

"库拉博士,我现在就跟上去,看看这伙大脚雪怪要跑到哪里去。"

"基里亚队长,我马上带人去支援你。记住,千万别轻举妄动!"

"基里亚明白!"他回答完毕,随即指挥直升机朝着大脚雪怪逃跑的方向追踪而去。

第十六章

> 大脚雪怪跑进太平洋面上的"雪胡同"里。库拉赶到后,用手势语与他们对话。大脚雪怪居然齐刷刷地跪倒在冰面上,请求人类的饶恕。

大脚雪怪的奔跑速度极快,他们的大脚板踏在雪地上,就好像踩着一副滑雪板一样。但是他们跑得再快,也跑不过天上直线飞行的直升机。再者,这一次他们只顾逃命,聚集在一块儿不躲不藏,目标很大,基里亚很快就用机载远距离摄像仪锁定了他们的踪影。

越往前飞,基里亚觉得眼前的景物越熟悉。噢!他和洛雷塔博士到过这里,直升机下边的山脉就是安第斯山北段,前边的开阔地就是冰封雪裹的太平洋。大脚雪怪们跑到这里来干什么呢?

直升机在大脚雪怪们的头顶盘旋着。基里亚的手指按在机载机枪的发射钮上,只要他一用力,这伙大脚雪怪就一个也休想逃脱。

"按吧!"一个声音在他心底叫道。"说不定杀害洛雷塔博士的凶手就在其中!"

"不能按!"另一个声音中他心底叫道。"洛雷塔博士如果活着,他一定不会同意这样做的。"在进行环南美洲考察的那段日子里,洛雷塔曾经多次跟他说过,地球上的所有物种都是同样高贵的,上帝没有赋予人类大肆宰杀其他动物的特权。如果洛雷塔的灵魂还在,谁干出了灭绝大脚雪怪的事情,他一定会找谁问罪。

大脚雪怪们继续向前奔跑,一直跑进洋面上那些宽阔的"雪胡同"中。基里亚又看见了洋面上那三个显著的黑点。

大脚雪怪们跑到这里就停下了脚步,也许是跑累了,也许是跑到了目的地。一个为首的大脚雪怪回过身来,一边盯着头顶上盘旋的直升机,一边拿出一柄斧头形状的东西,交到身后的一个大脚雪怪手里。从体型上看,这两个雪怪相差很大,如果说前边那个是成年雪怪,他身后的那个就是个孩子。

这柄斧头不是石斧,因为它的刃部在阳光的照射下闪动着刺眼的白光。小雪怪拿着这柄斧子,走到冻在冰

面上的一头灰鲸身旁,用斧子一顿乱砍,最终砍下一块肉来。他扔下斧子,拿着这块灰鲸肉坐在冰面上大口吃起来。另一个小雪怪捡起那柄斧子,接着从灰鲸身上往下砍肉,砍下来就往嘴里塞。

基里亚注意到,所有砍肉吃的雪怪都是小个头的,大个头的雪怪站在他们身前,好像一堵墙。

基里亚的心头一动,难道说前边的大脚雪怪都是父母,那些小雪怪都是他们的孩子?在面临着种族灭族的灾难时,凶残的大脚雪怪也知道保护他们的后代?

又有两架直升机飞来了,这是库拉博士带着增援部队赶来了。

基里亚乘坐的直升机首先降落在冰面上,随后那两架直升机也降落下来。荷枪实弹的护卫队员首先冲了出来,迅速形成一个扇面,把这伙大脚雪怪包围起来。

那些小雪怪全然不知危险离他们越来越近,还在不停地砍肉吃肉。那些大雪怪盯着不断逼近的护卫队员,面对着黑洞洞的枪口,却一动也不动地站在那里,根本没有逃跑的意思。

基里亚队长走到库拉博士面前,向他行了一个标准的军礼。这是他第一次向一位不是军官的人行军礼。"库拉博士,基里亚等候您的指示。"

库拉回了一个礼。这是他第一次向一名军官回礼,因此显得很笨拙。随后,他冲基里亚挥了一下手:"走,咱们到前边看看!"

基里亚和四名护卫队员寸步不离地跟在库拉的后边,手指扣在冲锋枪的扳机上。一旦大脚雪怪有攻击库拉的迹象,他们就会毫不犹豫地开枪射击。

库拉走到距离大脚雪怪二三十米的地方站住了。

前排的大脚雪怪站在那里还是一动不动,看样子就是有人想要他们的命,他们也不会后退半步。

冰面上没有一丝风,空气似乎凝固了。四周一片寂静,静得甚至能听见自己的心跳。

库拉听到的却是洛雷塔的声音。洛雷塔曾经做过这样的设想,大脚雪怪和地下小怪人是近亲。他们都是亚特兰蒂斯人的一个分支,有一部分深入到地下,最后进化成了地下小怪人;另外一部分钻到了地表的洞穴里,最后进化成了大脚雪怪。如果真是这样的话,大脚雪怪和地下小怪人就应该语言相通。库拉不由得想念起了拉拉。如果拉拉在这里,事情也许就好办了,拉拉应该能听懂大脚雪怪的话,再用手势转述给库拉,就可以知道这伙大脚雪怪究竟想要干什么了。

库拉用手势可以和拉拉对话,这套手势大脚雪怪能

不能看懂呢?库拉想尝试一下。

　　库拉又向前走了几步,与站在最前边的大脚雪怪只有几步远。基里亚和四名护卫队员赶紧冲到库拉的身前,库拉示意他们站到一边去。

　　基里亚向旁边迈了两步,他的枪口始终指着前排的大脚雪怪。他相信自己的子弹要比所有大脚雪怪的行动都快上一百倍。

　　库拉对着大脚雪怪做了一个手势,嘴里还模仿着拉拉发出的那种"嘀嘀"的怪叫。这个手势的意思很简单,相当于陌生人见面后打招呼。

　　站在最前边的一个大脚雪怪慢慢地抬起手,给库拉回了一个同样的手势。拿斧子给小雪怪的就是他,看样子他是这伙大脚雪怪的首领。

　　一阵惊喜掠过库拉的心头。大脚雪怪能够回这样一个手势,不仅说明可以跟他们对话,还说明他们的敌意正在消除。也就是说,他们不是在严阵以待,准备拼死一搏,而是在等待对方的处置。

　　库拉又对他们打了几个手势,这些手势的意思要复杂一些,相当于询问他们来这里干什么。

　　这一次大脚雪怪没有回手势。库拉担心他们没有看懂,又把这些手势反复做了好几遍。

过了好大一会儿,刚才那个回手势的大脚雪怪才有了反应。他一边用手比划着,嘴里一边发出怪叫,显得很着急。库拉没有完全弄懂这些手势的意思,但猜了个大概,就用手势语再次问道:"你们说要把这里当家?"

那个大脚雪怪完全看懂了这个手势,他没有回手势,而是直接连连点头。随后,他半转过身去叫了几声,那些正在吃肉的小雪怪们好像接到了什么命令,乱哄哄地从冰面上爬起来,随便找个积雪比较厚的地方钻了进去。

这里有肉吃,还有雪窝可以栖身,大脚雪怪从地下洞穴里转到这样一个地方生存,应该是一个不错的选择。

库拉沉吟不语。他把目光转向基里亚队长。

基里亚与库拉四目相对。他读懂了库拉博士目光中的疑虑。假如大脚雪怪经过一段休养生息后,再跑出来害人怎么办?可是,如果说害怕猛兽日后吃人,就到野地里把它们全都消灭干净,这样做有道理吗?

基里亚不知道该怎样做才好。他点点头,又摇摇头。

忽然间,那个为首的大脚雪怪发出一声尖利的呼啸,难听极了,库拉他们赶紧捂住了耳朵。呼啸声过后,前排的大脚雪怪齐刷刷地跪倒在冰面上,他们一律将右手放在胸前,好像在进行一个庄严的仪式。

那个为首的大脚雪怪冲着库拉打出一连串的手势。

忽然间,那个为首的大脚雪怪发出一声尖利的呼啸,难听极了,库拉他们赶紧捂住了耳朵。呼啸声过后,前排的大脚雪怪齐刷刷地跪倒在冰面上,他们一律将右手放在胸前,好像在进行一个庄严的仪式。

这一次库拉完全弄懂了他的意思:"我们怕了!求求你们!饶了我们吧!"

库拉一声不响地转身离开了,基里亚和他的护卫队员仍然紧跟在他身后。

三架直升机腾空而起。基里亚回头望了一眼,那些大脚雪怪还跪倒在冰面上久久没有起来。

第十七章

最早清醒过来的一批难民冲出阿加尔塔秘道,准备找地下小怪人索要食物。地下小怪人用灼热的石头堵死了难民的归路,把他们逼进寒气逼人的山洞里。

库拉和基里亚带队返回后勤基地。此时此刻,他们也不知道自己的心情是变轻松了,还是更为沉重了。但是他们没有时间调节一下绷得紧紧的神经,因为一个月的时间马上就要到了,海利克的药丸即将失去效力,阿加尔塔秘道里的难民们马上就会陆续清醒过来,到了那时候,局面就会变得越发不好控制。

基里亚队长离开阿加尔塔秘道时,曾把地下小怪人当做礼物送给自己的那些褐色的东西留给了秘道里的人员,嘱咐他们给那些最先清醒过来的难民吃,试一试它们

究竟好不好吃。如果真能下咽,阿加尔塔秘道里的难民就有了新的食物来源,他自己也算立了一件大功。

他还随身带回了几根那种东西,准备请费雷佐博士帮助鉴定一下。在这方面,费雷佐要比库拉权威得多。

回到后勤基地后,基里亚很快就找到费雷佐,把那几根不知名的东西交给他。费雷佐看了一眼,向基里亚反问道:"这是从哪里弄来的?"

基里亚把遇见地下小怪人的事情复述了一遍,费雷佐自言自语道:"难道说地下小怪人能下到海底?"

"你说什么?"基里亚没有听懂他的话,追问了一句。

费雷佐一边翻来覆去地摆弄着手里的那几根东西,一边自言自语道:"它的学名叫太平洋小球海藻,生长在太平洋大陆架边缘的海底。它的营养价值很高,富含各种矿物质。可惜我只见过它的标本,没有见过实物。"

费雷佐搞不明白的是,太平洋的表面已经冻住了,冰层极厚,就是使用高强度的太阳能融切机也休想割透。而不进到太平洋近海的海底,就采不到小球海藻。地下小怪人有什么好办法呢?这样的难题还是找库拉博士一起商量吧!

费雷佐通过布莱克呼叫库拉,此刻库拉就在布莱克的临时通讯中心。费雷佐还没说上几句,他就打断了对方的话头,让费雷佐和基里亚队长立即与自己会合。

又出什么事了?

费雷佐和基里亚火速赶到布莱克的临时通讯中心,十几台电脑屏幕拼成的一个大屏幕上,映现出阿加尔塔秘道中的画面。这是靠近阿格拉玛火山口的那个秘道出口。当初难民们就是从这个出口进入阿加尔塔秘道的。库拉他们这次也是从这里进入阿加尔塔秘道的,但是当时出口附近不见一个人影,而此刻这里却聚集了上百名难民。他们推搡着守在出口前的护卫队员,看样子想从这里出去。

"马布里,快说,这是怎么了?"基里亚操起对讲机话筒,叫着一个护卫队员的名字,急切地问道。

"基里亚队长,我们把你留下来的东西给他们吃了,他们都说从来没有吃过这样的美味。不知是谁透露了消息,说这是地下小怪人吃的东西,他们就嚷着要去找地下小怪人。我们眼看着就拦截不住了!你快说怎么办?"

"绝对不能开枪!"基里亚队长说。

"鸣枪示警也不行!"库拉紧接着补充了一句。"实在拦不住那就放行,我们马上就赶过去!"

基里亚立即调来一架太阳能直升机,由他亲自驾驶,直飞阿格拉玛火山口。

"队长,他们已经冲出去了!"对讲机里传来马布里的声音,但是电视屏幕上没有出现相应的画面,因为布莱克建立的通讯系统还没有覆盖到这里。护卫队员没有配备卫星电脑,只能依靠无线对讲机进行联络。

"跟上去!有情况随时报告!"库拉代替基里亚发出命令,以免分他的心。

库拉估计,难民们冲出去后,肯定会直奔那个寒冷的山洞,穿过它就是地下小怪人的活动区域。这段路他们走过一次,原路重走不会有什么麻烦。问题有可能出在冲到那个洞壁前的平台上时,他们无法冲进热浪灼人的洞穴中去,而一旦这个时候地下小怪人展开反击,他们就有可能掉进岩浆湖里。

想到这里,库拉不寒而栗,他再次抓起对讲机:"马布里,不要跟在难民们身后,你们那几个人不起什么作用。看到那块巨大的长方形岩石了吗?对!上边有一串凹陷的脚窝,就像梯子一样。好!你一个人顺着它爬上去,在那里可以看到下边发生的一切。"

"马布里明白!库拉博士。"

没过多久,对讲机里就传出马布里的声音:"库拉博士,我们已经看到那些难民冲到了平台上,他们正在寻找地下小怪人,但一个也没有见到。"

"继续监视!"

基里亚队长理解库拉此刻的心情,恨不得一头扎进阿格拉玛火山口。但他仍然稳稳地操纵着直升机,只是把速度提到了极限。

"库拉博士,地下小怪人出来了!"对讲机里传来马布里的惊叫声。"他们不是从山洞里出来的,而是顺着岩浆湖的峭壁爬上来的!"

"他们想干什么?"

"他们……等一等……哦,他们站在峭壁上往上扔石头,热气腾腾的石头……不好,这些石头把那个山洞堵住了,难民们想退也退不回去了……还在扔……难民们在后退……"

"他们有退路吗?"库拉的嘴巴贴紧了对讲机的话筒,高声叫道。他的嗓音已经沙哑了,一半因为紧张,一半因为劳累。

"……有,就是那个从地下暗河通过来的山洞。难民们进去了,咦?又出来了。……还在扔石头……"

库拉心里明白难民们为什么又退了出来。那个山洞里寒气逼人,当初他们都是穿了太阳能增温衣,才能抵御洞中的低温。如今他们没有了增温衣,进到那个山洞里时间一长,肯定会被全部冻死。就是现在马上派人顺着

地下暗河把增温衣送进去,也会为时已晚。

"难民们又退进洞里了……小怪人还在扔石头……"

怎么办?

基里亚队长头也没回,继续稳稳地操纵着直升机。他这股临危不乱的气度着实让人佩服。

阿格拉玛火山口遥遥在望了。

第十八章

一个地下小怪人用手势语告诉库拉,他们的首领准备与他会面。为了救出那些被困的难民,库拉毅然赴约,走进一条冒着寒气的山缝。

库拉和基里亚爬到那块巨岩上边,那个名叫马布里的护卫队员正在岩顶等候着他们的到来。在他的指点下,库拉很快就找到了难民藏身的那个洞口,只见洞口外堆着很多石头,还都冒着热气。幸好小怪人们停止了投掷石头,难民们可以停留在洞口附近,如果他们被迫退进山洞深处,要不了多久,一个个就会被冻得全身僵硬。

那些小怪人见难民们不再露面,便乱哄哄地攀爬到平台上,有的钻进洞穴里,有的停留在洞穴外边,好像在监视着那些难民的动静。

不能这样等下去!那些难民们的生命耗不起!

库拉忍受着高温的烘烤,从巨岩上探出大半个身子,对着平台上的那几个小怪人"嘀嘀"地叫起来。拉拉就这么叫过,他尽量使自己学得像一些。

听到他的叫声,平台上的那几个小怪人立刻有了反应,他们交头接耳地说着什么,好像在商量对策。

库拉注意到,有两个小怪人溜进了一个洞穴里。库拉心想,他们会不会是去传递消息,把他们的大堆人马都喊来?

过了好大一会儿,平台上的那些小怪人似乎接到了什么命令,眨眼间就溜光了,只剩下一个小怪人孤零零地站在那里。

库拉吃惊地发现,这个小怪人竟然朝着自己所在的方向打起了手势。对于这些手势库拉再熟悉不过了,他经常用它们与拉拉进行交流。原来,别的小怪人也懂这样的手势!

"你吃肉吗?"对方用手势语问道。

库拉微微一愣。这是拉拉最初向自己提过的问题。库拉老老实实地向他承认,人类也吃肉,但是跟大脚雪怪截然不同,他们只吃自己饲养的动物,很少吃野生的动物。为了解释什么是自己饲养的动物,什么是野生动物,库拉不知道费了多少工夫,才使拉拉消除了对人类的恐惧感。

这个小怪人不是拉拉,他怎么能问出同样的问题呢?库拉实在想不明白,只得像当初回答拉拉的提问一样回答:"吃肉,但我们人类不吃野生动物。"

"我们是朋友!"对方冲着库拉做出一个友善的手势。

"既然是朋友,那就请你们把我们的人放掉吧!"库拉趁势说道。

那个小怪人摆了一下手,一转身就钻进身后的洞穴不见了。

不大工夫,他又露面了。这一次不等库拉打手势,他先用手势语发话了:"我说话不算。我们的首领要和你亲自谈这件事情。"

地下小怪人还有首领?这让库拉有些吃惊。按他的观察和分析,地下小怪人还没有形成比较严密的社会组织,只能算一群乌合之众,哪来的首领呢?

"在哪里谈?"库拉问道。

"就在另一条秘道里。我们首领说你知道那个地方。"说完后,他静静地站在哪里,好像在等待回话。

如果不是处在眼前的情势里,库拉说不定会笑出声来。这个小怪人让他联想到军舰上的通信兵,手举两面旗子,就能用旗语把信息传递出去。他在一部电影里见

过这样的场景,当时他感到很好奇,没有想到会在地下见到这一幕的翻版。

"回去转告你们首领,就说我马上就到!"

库拉的手势一做完,那个小怪人摆了一下手,就钻进身后的洞穴里不见了。

"库拉博士,你真的要去会那个什么首领吗?"跟在库拉身后的基里亚问道。

"眼下还有什么更好的办法吗?"库拉反问了一句。基里亚不再说什么,跟上库拉就走。他们下了那块巨岩,转进阿加尔塔秘道,已经有一辆"众神之车"停在那里。他们两个坐上去,就像坐上一匹不吃草料的骏马,在秘道里任意飞驰。

那个安放着动物雕塑的山洞石门已经打开,有两个护卫队员一左一右守在这里。基里亚给他们下了一道死命令,任何人不得进入这间密室,如有紧急情况立即关闭石门。

库拉领头进到这间密室里。基里亚抢先一步,用力扭动那个怪鱼雕塑的头,随着一阵"咔咔"声响过,怪鱼雕塑向后挪了几米远,它原先所在的地方露出一个洞口来。又是基里亚抢先下到洞里,侦查了一圈,没有发现异常情况,这才摆手让库拉随后进入洞中。

基里亚在前,库拉在后,两个人隔开一段距离,向着秘道深处走去。地下小怪人不像大脚雪怪那样可怕,但他们绝不愚蠢,更何况他们躲在常人进不去的山缝里,打个小伏击轻而易举。

大约走出三四公里的模样,前边的拐角处就闪出一排地下小怪人,拦住了他们的去路。基里亚没有把胸前的冲锋枪举起来,只是随手一把将库拉拦到自己身后。

一个地下小怪人从队列中走出来,一直走到基里亚的身前,却没有对他打手势,只是向上仰着头,上上下下地打量着他。

这个小怪人见了人居然不跑,反倒往前凑,这倒是件怪事!

库拉从基里亚的身后闪出来,向前走了两步,同时用背在身后的一只手对基里亚示意,让他暂时别动。

那个小怪人见到库拉,嘴角咧得大大的,看那意思是在笑,却像哭一样难看。

"你们的首领在哪里?"库拉用手势语问道。"

那个小怪人扭过头去,挥了一下手,那一排小怪人立刻分成两行,紧贴到洞壁上站住,在中间留出一条宽宽的通道。这显然是留给库拉的。

库拉跟着那个小怪人,基里亚紧跟着库拉,排成一行

向洞里走去。

前面的拐角处有一块大石头,石头旁边有一条裂缝,那个小怪人走到这道裂缝前就不走了,示意库拉自己进去。

"你们的首领在这里边?"库拉问道。

那个小怪人做了一个非常肯定的答复。

这条裂缝不宽,但很高,一个人直着身子可以走进去。库拉往里走了两步,立刻觉得有点不对头。这是个寒洞,从里边向外冒出丝丝寒风。习惯了高温的地下小怪人怎么能待在如此寒冷的地方呢?

库拉迅速退了出来,再次向那个地下小怪人问道:"你们的首领真的在这里边吗?"

那个小怪人再次做出一个非常肯定的答复。

"我可以相信你。"库拉指着基里亚对那个小怪人说,"如果我在这里边见不到你们的首领,这个人就会变成吃人的魔鬼。你懂吗?"

那个小怪人连连点头,表示他听懂了。

"把你们那伙人都招呼过来。"库拉向那个小怪人命令道。

小怪人们真听话,乖乖地全都集中到一起。基里亚举起挎在胸前的冲锋枪,做了一个瞄准射击的动作。有的小怪人可能见到过基里亚枪击大脚雪怪的场面,吓得蹲到了地上。

库拉实在看不出地下小怪人有什么搞鬼的迹象,事到如今也没有退却的可能了,他索性横下一条心,转身向那条山缝里走去。

第十九章

库拉万万没有想到,他见到的地下小怪人的首领竟然会是拉拉。在讲完自己脱险的经过后,拉拉答应很快就放掉那些难民。

山缝里黑咕隆咚的,库拉适应了一会儿,勉强能够看清周围的景物。他摸了摸腰间,那里掖着一把基里亚塞给他的手枪。但他用不惯这玩意儿,还是不拿出来为好。

没走多远,山缝里就出现了一个拐弯。库拉不敢往前走了。过了这个拐弯,山缝里肯定是一片漆黑,他不知道前边会有什么等待着自己。既然小怪人的首领就在这里边,那就站在原地等候好了。

库拉刚刚站定,突然脊背一阵发凉,不知道一个什么东西跳到他后背上。库拉一动也不敢动,生怕惹恼了那个东西。让他感到意外的是,那个东西居然搂住他的腰,还用脚轻轻地踢他的腿。

"唧唧！唧唧！"库拉的耳边响起一阵熟悉的叫声。

这是拉拉的叫声。只有他兴奋的时候才会发出这样的叫声。

这是拉拉的脚。他脚上穿着库拉特地请布莱克缝制的两个松软的大袋子。他喜欢趴在库拉后背上，用穿着袋子的脚轻轻地踢库拉的腿。

"拉拉！你还活着！"库拉一声高叫，他的身后果然响了一声欢快的应答。

真的是拉拉！他像一只活泼的小猴子蹦到库拉的怀里。库拉把他紧紧地搂在怀里，透过电子头盔看到了他的眼睛。拉拉流泪了！地下小怪人是很少流泪的！

"太好了，拉拉！你还活着！"库拉也流泪了。他泪流满面。

拉拉听不懂"活着"这两个字是什么意思，但他永远地记住了这两个字。

"快！拉拉，给我讲讲都发生什么事情？"库拉也不管拉拉能不能听得懂，连声催促道。

其实，即便库拉一句话也不说，拉拉也要把自己的经历讲给库拉听。在他的心目中，这个世界上只有库拉是他的亲人，那些地下小怪人只能算是自己的同类。

真的是拉拉!他像一只活泼的小猴子蹦到库拉的怀里。库拉把他紧紧地搂在怀里,透过电子头盔看到了他的眼睛。拉拉流泪了!

　　拉拉告诉库拉,他被洛雷塔抛出去后,他一头扎进了沟下边的一个雪堆里,这才没有摔坏。他生怕再次遭遇大脚雪怪,因此不敢往外钻,只好往里躲。躲着躲着,他躲进了一条地缝里。这条地缝里灌进了很多冰雪,但他有库拉给他武装的全部设备,对寒冷无所畏惧,就壮起胆子往里走。走了不知多远,终于走出了这条地缝,进到一条秘道里。

　　只是看了一眼,他就认出了这是那条走过很多遍的秘道。他和同伴们经常从路边的地缝里钻出来,进到这条秘道的深处,采摘小怪人维持生命所需要的食品。每走一次这条秘道,对于地下小怪人来说都是一次冒险,因为大脚雪怪就守候在半路上,他们不是来抢夺小怪人采摘来的食品,而是直接擒获小怪人当自己的美餐。拉拉的很多伙伴就是这样被大脚雪怪吃掉的。小怪人们明知道有东西可吃,但为了不被吃掉,他们宁可挨饿也不想进入这条秘道,冒这个风险。

　　拉拉之所以被执行死刑,并不是他不肯冒险前去采摘食物,而是因为他太能吃了。他一个人的肚量能赶上三个人。如果让他一个人吃饱,就得有三个人挨饿甚至饿死。万般无奈之下,才有人提议用那辆怪车把他扔进寒洞里处死。

拉拉一进到秘道里,就像旋风一样跑了起来。他不能让大脚雪怪遇到,否则就是死路一条。

前边的路旁有一个山缝,拉拉连滚带爬地钻了进去,这才长长地舒了一口气。这条山缝很窄,体型庞大的大脚雪怪进不来。再者,它的另一头是地下小怪人聚居的地方,洞中不断有热气冒出来,这也是大脚雪怪不敢进来的原因。

拉拉顺着这条山缝一直朝前走,只要走到头,就可以找自己的同伴,但是他没有这样做。他不知道他的同类是否会重新接纳自己,如果再一次是对自己实行死刑,那可就是凭空给自己惹上了大麻烦。

拉拉已经走近了那个平台,但他没有直接走进去,而是绕到那个寒洞里。

当他从寒洞里露出整个身时,操着地下小怪人的语言大声打招呼时,立刻在地下小怪人中之间引起了一阵骚动。这个家伙是大脚雪怪吗?不对,他比大脚雪怪小得多,而且还能说小怪人的话。这个家伙也是小怪人吗?他怎么穿成这副模样?再说,怕冷的小怪人怎么能从寒洞里钻出来呢?

"我就是那个大肚皮的家伙!你们曾想处死我,但是我没有死!"拉拉高声叫道,他的声音在熔岩湖上方来回

震荡着,冲击着每个地下小怪人的耳膜。

地下小怪人开始乱哄哄地议论起来,声音越来越响。有几个胆大的小怪人慢慢地凑过来,透过拉拉的电子头盔往里望。他们看到了一张曾经熟悉的面孔。

"真的是他!大家快来看呀!"

随着这一声呼唤,小怪人们纷纷涌上来,把拉拉围在当中。

拉拉等他们看够了,说够了,这才高声说道:"我没有被你们处死,是因为亚特兰蒂斯人的祖先搭救了我。我们的祖先让我转告你们,大脚雪怪不可怕,只要我们一条心,别逃跑,就可以对付他们!"

"好啊!好啊!"小怪人齐声发出一阵喊叫声,同时上下挥舞着长长的手臂,平台上就像突然冒出一大片森林。

拉拉双手向下做了一个"安静"的手势,小怪人们全都停止了呼喊,手臂也垂了下来。"从现在开始,我的名字改叫拉拉。你们称我为首领,我能带领你们战胜大脚雪怪!"

"好啊!好啊!"小怪人再次齐声呐喊起来,同时上下挥舞着长长的手臂。

"拉拉,你干得太出色了!"库拉抚摸着拉拉的后背,这是在对他表示赞赏。"拉拉,既然你是他们的首领,事情就好办多了。你赶快命令你的手下,搬走那些热石头,放难民们离开。"

拉拉用力点点头,眼睛里再次变得湿润起来。库拉以为他舍不得与自己分手,就再次抚摸了一阵他的后背,对他说:"这件事情一完,你就回到我的身边来。"

拉拉没有点头也没有摇头,而且没有做声,只是目送着库拉的背影离开了这条山缝。

第二十章

费雷佐提议马上进入太平洋近海海底,寻找地下小怪人所食用的海藻。库拉顾忌拉拉的安全,不想同意这个提议,但是他又无法表示拒绝。

从山缝里出来后,心事重重的库拉转身便走,竟然忘记了喊上基里亚一声。基里亚看出了他的反常,却一句话也没有问,只是默默地跟着他往前走。

回到阿加尔塔秘道中后,费雷佐已经早早地等在那里了。一见库拉的面,一向绅士风度的费雷佐居然忘记了对他问好,一上来就语气急切地说:"你看这个!库拉博士。"他拿给库拉看的正是基里亚拿给他做鉴别的东西。

库拉接过那个褐色的东西,看了两眼没有看出名堂,就把它还到费雷佐的手里。

"我告诉过基里亚队长,这种东西是一种生长在太平洋近海海底的海藻,即便不经过加工,也可以供人类食用。它是从哪里来的呢?"费雷佐自问自答道:"它是地下小怪人送给基里亚队长的。按我的推测,那条秘道很可能直接通向太平洋海底,小怪人就顺着秘道前去采摘海藻,运回来当食物,而大脚雪怪就拦在半路上,伺机擒获小怪人。这就是这里的食物链条。下边的话不用我多说,你们都比我明白。"

库拉的态度比较冷漠,这让费雷佐稍感意外。这可不是库拉的行事风格。

"库拉博士,你认为我的分析有没有道理?"费雷佐追问道。

库拉没有回答他的问题,而是转向了基里亚:"估计一下,还要多长时间阿加尔塔秘道里的难民就会大批苏醒过来。"

"估计还要两三天的时间。"基里亚慎重地回答。

"据我了解,海利克研制的药丸还剩下不少,如果再给难民们吃一点,推迟他们苏醒过来的时间,我们的机动性就会更大一些,也许在这段时间里还能想出更好的办法来。"库拉字斟句酌地说,这也不是他一向的风格。

"为什么要这样做?"费雷佐不解地连连摇头。"如果能找到那些海藻,正需要大批人手去采摘,难民正好能派上用场。只要有事情可做,而且是关系到他们生存质量的事情,他们一定会乐于去做的。"

库拉没有做声,过了很长时间也没有说话,就连性子本不急躁的费雷佐也忍耐不住了:"库拉博士,你说个意见咱们听听嘛!"

库拉还是没有做声。

基里亚忽然轻声问道:"库拉博士,是不是因为拉拉?"

库拉猛地转过头去,向基里亚射去匕首一般的目光:"你偷听了我们的谈话?"

"库拉博士您不要误会,当时我只想进去保护您。"基里亚的声音还是那样轻。

"好吧!"库拉终于下定了决心。在几十万难民的生死存亡和拉拉之间做一个衡量,他的感情指针可以偏向到拉拉那一边,但是这不能变成实际行动。不能为了一个拉拉,就牺牲掉那几十万难民。

库拉安排基里亚队长带上几名手下先进入那条秘道,在前边探路。他和费雷佐在那些最先苏醒过来的难民中挑选几十名身强力壮的随后跟上。他又把布莱克从后勤基地调进阿加尔塔秘道,在那个安放动物雕塑的密室里坐镇指挥。一旦前边有所发现,后续人员必须及时跟进。在这种地方,运输只能靠人扛肩挑,因此需要很多人手。

基里亚队长还是带着那四名跟他一起剿灭大脚雪怪的护卫队员先期出发了。临行前,布莱克挨个检查了他们每个人身上的通讯装备,特地安装上一个无线长距发射器,这个发射器可以在地下400米深处把信号发射出来。

在这个过程中,库拉始终站在一旁一言不发。基里亚走到他跟前,轻声对他说:"我会保护好他的!"

库拉的脸上露出一丝苦笑,算是对基里亚的好意表示感谢。

基里亚走后,布莱克笑容可掬地对库拉说:"你马上就会成为国际救援组织的大功臣了,库拉博士。"

库拉瞪了他一眼:"别开这种玩笑!你知道我不爱听恭维话。"

"这是早晚的事情,反正也瞒不住。"喜欢多嘴多舌的布莱克继续说道。

库拉听出来他话中有话,盯住他的眼睛问道:"你都知道些什么?赶快告诉我!"

"你别急呀!"布莱克故意卖了个关子。"拉伍德先生已经下令给海利克,让他马上组建一个活动实验室,立即赶赴阿加尔塔秘道,对基里亚队长提供的海藻样本进行分析。如果真的像费雷佐说的那样,将就地进行推广,以后就用不着给这里的难民运送食品了。"

还没等布莱克说完,库拉就觉得屁股底下好像着了一把火。快!他阻止不了拉伍德先生实施他的计划,也阻止不了海利克进行的实验,他此刻能够做的,就是赶快追上基里亚,实地看一看这种海藻到底有多少。他知道人类的天性和蝗虫差不多,每到一个地方务必把那个地方扫荡得干干净净。在冰河期到来之前,人类已经把江河湖海里的鱼几乎捕捞光了,山谷平原里的树木砍伐光了,把地球变成了人类单独一个物种的生殖场。地球之所以会进入冰河期,说不定就是大自然对人类的惩罚。库拉知道凭借他一己之力,改变不了任何必然发生的事情,但是他可以尽量给地下小怪人多留一份海藻的繁殖地,免得他们饿死。这不仅是为了救一个拉拉,而是为了拯救地球上已经为数不多的物种。

库拉来不得挑选,随便带上几个人,就从怪鱼雕塑那里进入了秘道。出发前,他特地叮嘱费雷佐:"你选好人后,也马上跟上来!"

"我会让你满意的!库拉博士。"费雷佐笑着应声道。

库拉没有注意到,费雷佐的笑容颇为意味深长,当然更不会想到,这里所发生的一切,都是他汇报给拉伍德先生的。那个老头子还留了一手!

第二十一章

地下小怪人用滚烫的石头塞住了秘道,使基里亚等人无法通过。库拉一个人穿过这条"封锁线",朝着秘道深处走去。

基里亚队长带着四名手下重返那条秘道,这一次是轻车熟路,而且再也用不着防备大脚雪怪袭击,因此行动速度很快。大约走了三个小时,就已经深入到地下200米左右的地方。基里亚盼咐护卫队员们原地休息,各自试一试布莱克给他们带的无线超距离发射器。

"通话清晰,没有杂音。"四个护卫队员相继报告道。

基里亚满意地点了点头。临行前他请教过费雷佐,太平洋小球海藻通常生长在海平面以下250米左右的地方。这样说来,再走一两个小时,就可以到达目的地了。

休息完毕,基里亚队长和他的手下再次出发。

越往前走,秘道里的温度越高,空气越来越不流通。从路边的山缝中,不断地冒出一股股白色的雾气,遮断了人们的视线。这种地方正是地下小怪人活动的区域,为了保险起见,基里亚吩咐手下放慢前进速度。

突然,从路两旁的山缝里钻出来三五成群的小怪人来,一伙伙人数都不多,但不停地往外钻,很快就把秘道塞满了。他们齐声发出"嗬嗬"的怪叫,还不停地挥舞着手臂。

他们想干什么?除了库拉博士,没有人可以与他们交流。基里亚命令那四名护卫队员枪口朝下,往后撤退,同时他把这里发生的事情报告给布莱克,请求库拉博士马上赶到。

"库拉博士早就出发了,很快就能与你会合。"布莱克告诉基里亚。

"基里亚明白!"

话音刚落,库拉就来到了。用不着基里亚介绍情况,库拉看得很清楚,小怪人分明是有意拦住他们的去路。假如没有拉拉,小怪人是想不到人类会对他们吃的海藻感兴趣,更不会冒险拦路。

库拉冲着前边的一个小怪人打了几个手势,让他赶紧把他们的首领找来,他有话要说。

那个小怪人点点头。他身后的小怪人给他让开一条道,他走了进去,那条道马上又合上了。

不大工夫,那条道又开了,那个小怪人走出去,但拉拉没有露面。他打着手势告诉库拉:"我们的首领知道你们想干什么。他说他不能和你见面。"

拉拉的聪明程度已经非一般地下小怪人可比,这主要是库拉的功劳,如果不是在此时此地,他一定会为拉拉的聪明感到自豪,然而现在……

库拉还没有想好下一步该怎么做,小怪人们已经开始行动了。他们一排排地向后退去,钻进冒着雾气的山缝里。此后他们不再露面,而是从山缝里不停地们往外投掷热石头。这些石头都是小怪人从岩浆湖里抓出来,刚扔出来的还是软的,随后就会逐渐变冷变硬。如果小怪人们用它们塞满整个秘道,这条秘道就彻底不通了。很显然,他们就想达到这样的目的。

基里亚身后的护卫队员把冲锋枪端在胸前。只要基里亚队长一声令下,他们就会冲上去用火力封锁住那些山缝,让小怪人们不敢靠近投掷石头。

基里亚队长盯着库拉。只要库拉一声令下,哪怕是做个手势,他就会率先冲上去。

但是库拉好像一尊雕像,站在那里一动不动,脸上毫无表情。

秘道里的石头越扔越多,留下的缝隙越来越小。现在还有最后一个机会,那就是让护卫队员开枪,把小怪人们吓退。那四名护卫队员已经子弹上膛,急切地等待着基里亚队长下命令,可是基里亚只是摇摇头。当着库拉的面,他无论如何不能下这样的命令,只能把这里发生的事情报告给布莱克。

库拉的身体忽然动了起来。他朝着石头落下的地方大步走去,好像根本不知道会有滚烫的石头落到他身上,根本不怕高温的蒸烤。

小怪人们似乎接到了什么命令,立即停止投掷石头。库拉更加相信自己的判断是正确的,拉拉就藏身在不远的地方。

库拉在一大堆冒着热气的石头前停下了脚步,高声喊道:"拉拉,你的命是洛雷塔博士救的。你知道吗?为了救你,他死了!被吃肉的魔鬼害死了!"

库拉停住不说了,但是没有人应声,好像地下小怪人都走光了。

"拉拉,我知道你在听我说话,"库拉把他的声音又提高了一些,"如果洛雷塔博士来了,你也不让他经过吗?"

还是没有人应声。

过了好大一会儿,一伙小怪人露面了。他们走过来,七手八脚地搬开一些滚烫的石头,开出一条路来。库拉沿着这条路往里走。他回头望去,基里亚他们没能跟上来,他前脚刚过去,小怪人们又用石头把路堵死了。

通过了小怪人设置的"封锁线",库拉以为他就马上能见到拉拉。他觉得有很多事情需要跟拉拉说清楚,以地下小怪人的力量,是阻挡不住人类的进攻的。他们用石头垒成的屏障,只用一小包高爆炸药,就能炸出一个大窟窿来。眼下最明智的办法不是进攻,而是自保,保证小怪人有一个取用食物的安全通道。面对着贪婪的人类,能做到这一点,就已经是最好的结果了。

但是拉拉始终没有露面。库拉想不通,他为什么不想见自己?难道他连自己的好朋友都不相信了吗?人当了官发了财就会变,拉拉当上了地下小怪人的首领也会变吗?

库拉微微地摇摇头,把这些恼人的问题暂时忘掉。他一个人朝着秘道深处走去。

第二十二章

在费雷佐的指挥下,一个小小的诡计就冲破了地下小怪人设置的"封锁线"。基里亚没有跟费雷佐往前走,而是回过头去寻找拉拉。

望着库拉博士远去的背影,基里亚束手无策。他不知道怎么办才好,只得再次请示布莱克。布莱克告诉他留在原地待命,费雷佐会带人前去与他会合。布莱克还告诉基里亚,他已经把这里的情况汇报给了拉伍德先生,拉伍德先生指示说,特遣队的一切工作暂时由费雷佐博士负责。

基里亚心中明白,库拉博士已经失去了拉伍德先生的信任。

费雷佐姗姗来迟,但是他带的人很多,除了两名护卫队员,剩下的全都是阿加尔塔秘道中的难民。这些难民

闻到这诱人的香味，小怪人们争先恐后地从山缝里钻出来，奔向拴着超级能量棒的那一根根木棍，急不可待地把它揪下来，大口大口地往嘴里塞。没有得手的小怪人自然不甘心，就到得手的同伙手中去抢，甚至把他按倒在地，从他嘴里往外抠。几个、十几个、几十个小怪人就这样相互纠缠到一起，在秘道里翻来滚去，刺耳的"唧唧"声此起彼伏。

闲极无聊,能够参加这样的行动,一个个显得格外兴奋。

基里亚发现,这些难民每个人手里都拎着一根长长的木棍,它的前边带着个钩子,钩子却没有尖,显然不是作为兵器使用的。基里亚见过这个东西,却不知道它是干什么用的。

"让我来告诉你吧,基里亚队长。"费雷佐得意地说。"那些海藻生长的地方,人很可能无法靠近,这个时候就需要有个带钩子的棍子帮忙。把海藻钩出来后,还得往外运。这些东西很长,运起来很不方便,用棍子一卷,扛起来就走,岂不是方便多了!"

基里亚暗暗点头。他不能不承认费雷佐的推测很有道理。看来这个平时不声不响的专家还真有一套。不过,基里亚对他的印象却远远不及库拉。库拉这个人办事说话都很生硬,但从来都是光明磊落,而费雷佐却喜欢暗地里搞些小动作。

"费雷佐博士,你还是看看眼下怎么办吧!"

顺着基里亚手指的方向,费雷佐看到前边的秘道已经被小怪人用石头堵死了,只剩下一些缝隙还没有堵严实。不知道小怪人是不是还在往秘道里投掷石头。如果他们不停地投掷,把这条秘道彻底堵死了,那时候就是把"伊甸园"特别行动组的所有专家都调来,恐怕也是无计可施。

基里亚把他的这个疑虑告诉了费雷佐。费雷佐沉吟了一下,摇了摇头说:"这种可能性不大,地下小怪人也需要这条通道。我想,他们只是想把我们堵在外边。"

"那我派人送上一颗手雷试试?"基里亚试探着问道。

"绝对不行!"费雷佐的脸色立刻变得严峻起来。"基里亚队长,告诉你的手下,谁也不准胡来!这是一条海底秘道,很可能是海底山脉中的裂缝形成的。谁也不知道它的地质情况,如果爆炸破坏了它的构造,海水灌进来,你知道这个后果多可怕吗?你别看大洋表面结冰了,但绝不会把整个大洋冻透,下部的海水还应该是液体状态。"

基里亚不再做声。在一位博学的海洋学家面前,他稍不留意就会说出外行话来。基里亚可不想让人笑话。

"你就看我的吧!"费雷佐笑呵呵地说着,回过头来招了一下手,立刻有几个难民排成一行走上来。他们卸下背后的挎包,从里边拿出一些超级能量棒来,又拿出几个瓶子,把一些白色的粉末倒在上边。他们手脚麻利,一看就是事先接受过训练。看来,不应该把他们称为难民,应该称他们是费雷佐招募来的特别小队。

这些人做完了他们的事情,列成队伍退了回去,又有

十几个难民走到前边,他们把手中的木棍放到地上,把那些超级能量棒拴到木棍的钩子上,然后举起来,走到那些乱石堆前边,顺着缝隙一点点地伸进去。

基里亚暗想,这位费雷佐博士真是不容小觑呀!就在基里亚眼皮底下,他干了这么多事情,居然对他这个护卫队长瞒得严严实实。

那些石头还没有凉,有的还冒着热气。经过高温和热气的蒸烤,那些味道粗劣的超级能量棒竟然散发出一股股香味,渐渐地在秘道里飘散开来,令人不禁垂涎欲滴。

基里亚怀疑这不是超级能量棒本身的香味,而是那些白色的粉末捣的鬼。

不等基里亚发问,费雷佐已经看出了他心中的疑惑,笑呵呵地告诉他:"这是海利克特地派人送来的。说穿了就是一些强力催眠剂。你放心,小怪人们只会美美地睡上一大觉,身体不会受到任何伤害。"

说话间,乱石堆那边传来一阵阵闹哄哄的声音。闻到这诱人的香味,小怪人们争先恐后地从山缝里钻出来,奔向拴着超级能量棒的那一根根木棍,急不可待地把它揪下来,大口大口地往嘴里塞。没有得手的小怪人自然不甘心,就到得手的同伙手中去抢,甚至把他按倒在地,从他嘴里往外抠。几个、十几个、几十个小怪人就这样相互纠缠到一起，在秘道里翻来滚去，刺耳的"唧唧"声此起彼伏。

没过多久，秘道里重新恢复了寂静。那些把超级能量棒吃到嘴里的小怪人首先睡着了，那些没有抢到吃到但是闻到香味的小怪人们，则像喝醉了的醉汉一样，东倒西歪地瘫在地上。

"小伙子们，轮到你们了！"费雷佐笑呵呵地对他那帮手下说道。

费雷佐招募来的那些人虽然不是军人，但是执行费雷佐的命令毫不含糊。费雷佐的话音刚落，就有几十个人举着木棍走上那个前去。他们每三个人分成一个小组，将木棍顶到几乎快要垒到洞顶的乱石堆上，一起用力，一块石头就被他们合力推了下去。随后他们就退下来，另一个三人小组马上顶上去，依然照葫芦画瓢，又是一块石头被推了下去。

他们的办法不见得如何高明，但非常有效，只用了不到一个小时的工夫，乱石堆就被捅出一个能容一个人进出的缝隙。

费雷佐回头看了一眼基里亚，却一句话也没说，带上他那帮手下从那个缝隙里鱼贯而入。

基里亚立即跟了上去。他看到有些睡倒在地的小怪人被捅下来的石头埋住了,显然丢了性命。他还看到那些难民只顾往前走,根本不管踩没踩到横躺竖卧在地上的小怪人。基里亚在那些小怪人中间来回找了好几遍,没有发现拉拉,这多少让他心安一些。拉拉能到哪里去呢?必须找到拉拉,给库拉博士一个交代,至于费雷佐要做的事情,他显然已经做好了周密的筹划,别人去帮忙反而有可能是添乱。

想到这里,基里亚盼咐他的四名部下继续往前走,跟上费雷佐的队伍,他一个人转过身来往回走。他想到那个巨岩对面的平台上找一找,说不定会在那里见到拉拉。

基里亚走到库拉与拉拉会面的那条山缝附近时,一阵阵"嗷嗷"的怪叫声从四面八方传过来,好像所有的山缝都回荡着这种声音。基里亚赶紧退到一块巨石后边,从那里观察前边的动静。

"拉拉!是拉拉!"基里亚差点儿叫出声来。

拉拉从一条山缝中蹦出来,拼命地朝前跑。随后有一大群小怪人追上来,一边追一边抛出手中的石头,向拉拉投掷过去。拉拉招架不住,一闪身躲进那条冒着寒气的山缝里。小怪人们追到跟前,不敢再往里追了,但他们并没有散去,而是一层一层地把这条山缝围了起来。看样子,地下小怪人们不仅抛弃了他们的这位首领,还把他当成了种族的公敌。

"拉拉怎么会惹恼他们呢?"基里亚思忖着。他只能想出一个理由,那就是小怪人们把费雷佐捣的鬼都记到了拉拉的头上。

基里亚把冲锋枪挪到胸前,打开保险,一旦拉拉的生命受到威胁,就准备随时出手相救。

第二十三章

库拉为地下小怪人找到了一条取食的安全通道,他正准备把这个消息告诉给拉拉时,却发现拉拉已经被他的同伴再次判处了"死刑"。

库拉停止了前进。前边的路越来越窄,洞顶越来越低,最后他匍匐着也很难爬进去。

在这里他闻到了一股越来越浓的海腥味。这是传说中的味道,他只是在海利克的实验室里闻到过。这实实在在的味道告诉他,海藻就生长在附近,他要找的东西近在咫尺。

库拉想起了在录像中见到的狗。据说这种动物的鼻子非常尖,比人的嗅觉灵敏上百万倍。狗嗅东西时一定要用力往里吸气,发出"哧哧"的声音。库拉变不成狗,但他觉得这个办法可以拿来一用,就用鼻子"哧哧"地吸起气来。

这一招立见成效,他很快就发现这股海腥味来自身边的山缝。这里的山峰纵横交错,布满了整个洞壁。他一条一条嗅过去,每条山缝里都往外冒着海腥味,同时冒出一股股热气。

这些山缝都很窄,人根本钻不进去。库拉将一条胳膊整个伸进一条山缝里,凭着触觉摸到那里边长满了一条条的东西,它的表面湿滑,似乎还带着一些黏液。

找到了!它们肯定就是费雷佐说的那种海藻!

山缝这么窄,人怎么能把生长在里边的海藻采摘出来呢?库拉忽然想到堆放在进入阿加尔塔秘道入口处那个山洞里的一大垛挠钩。原来它们是干这个用的呀!亚特兰蒂斯人真聪明,如此简单的工具就解决了这样一个大难题。

找到了海藻,阿加尔塔秘道中的几十万难民就有了活路,库拉真为他们高兴,但他却丝毫兴奋不起来。他仰面躺在秘道里,那根长长的带着钩子的木棍总是在他眼前晃来晃去。就这样一棍棍地捅进去,拽出来,山缝里有多少海藻采摘不完?到了那一天,小怪人还有什么吃的?眼下小怪人仗着身材矮小,可以钻到山缝的里边采摘海藻。要不了多久,这条秘道里来来往往的全是采摘和运

送海藻的人,那时候小怪人还敢露面吗?护卫队员可以不开枪,谁能保证那些难民不对小怪人大打出手呢?说不定拉拉已经想到了这一步,这才率领小怪人们千方百计地阻拦人类闯进他们的采食领地。

库拉一个激灵坐起来。"不能等,我的事情还没有完!"他在心中这样告诫自己。

库拉从秘道里退了回去,还是一条一条山缝地闻。一律的海腥味!但他没有灰心,继续用鼻子闻下去。

就在他怀疑自己的鼻子已经失去功能的时候,他闻到了一条不冒海腥味的山缝,但是从里边往外冒着热气。这条山缝宽一些,一个人勉强可以钻进去。库拉侧着身子往里挤,硬生生地把自己塞了进去。

进到里边,山缝宽了一些,可以横过身子来走路。库拉一边摸索着往前走,一边观察着左右的洞壁。这里的洞壁上也横七竖八地布满了裂缝,库拉挨个嗅过去,只觉得热气扑面,却没有嗅到海腥味。

再往里走,山缝又变得狭窄起来,渐渐地侧过身体也挤不过去了,库拉只好停下来,用力地呼闪着鼻翼,发出"哧哧"的声响。

闻到了!终于闻到了!那是一股刚刚熟悉的海腥味!

"啊!"库拉对着空无一人的山缝用力挥舞着双拳,兴奋地大叫起来。这是一份发自内心的欢快,如果此刻拉拉就在他身边,他一定会拽住拉拉的手跳起舞来。对!现在赶快去找拉拉,把这个秘密告诉他,让他立即派小怪人进入到山缝之中,摸索到一条采摘海藻的新通道。这是一条人类无法进入的通道,足以保证小怪人来去安全。

库拉从这条山缝里退出来,急急忙忙地往回走,迎头碰上了费雷佐。他只是简短地说了一句:"有海藻,往里走!"就撇下他径自离开了,把费雷佐搞得莫名其妙。

库拉心里有事,只顾闷头往前走,早已忘记了走出多远,甚至没有听见前边隐约传来的叫嚷声。突然有人拉了他一把,把他拽到路边,他才从纷乱的思绪中回到现实里。

拉他的人是基里亚。他把之前发生的事情全给他讲了一遍。库拉一听拉拉有危险,便不顾一切地挺身而起,大踏步地朝着那伙小怪人走过去。

这伙小怪人多则近千,少则上百,密密麻麻的,站满了整个秘道,一眼看不到边。他们认识库拉,见他来了并没有后退逃跑。

库拉用手势语向他们问道:"为什么追赶你们的首领?"

小怪人们你看看我,我看看你,没有人站出来答话。

库拉又向前走了几步,基里亚一闪身出现在库拉的身后,挂在他胸前的冲锋枪晃来荡去。很多小怪人见到基里亚,见到他就好像见到了大脚雪怪一样,转身就往后躲闪。

终于有一个小怪人站到了前排。库拉很快就把他认出来了,他就是给拉拉当过"旗语兵"的那一个。他告诉库拉,拉拉背叛了大家,出卖了同伴,弄死了很多弟兄,所以众人一致决定再次对他执行死刑。

库拉告诉他,那些躺倒在地的小怪人并没有死,而是睡着了,过几天就会醒过来的。再说,这件事情也不是拉拉干的,而是另有其人。

那个小怪人做了一个手势,表示听懂了他的意思,然后他转过身来,"唧唧唧唧"地叫了一大通,显然是把库拉的话学给其他小怪人听。那些小怪人先是静静地听着,等到那个小怪人停止了叫唤,他们开始"唧唧唧"地叫唤起来。库拉听不懂他们在叫些什么,只是感觉到他们的叫声高低长短都不一样。

那个小怪人转过身来,两只手掌向上翻去,来回晃动了几下,他这是在告诉库拉:"我的话没有一个人相信。"

库拉无奈地摇了摇头。他即便随口编造一个谎言,也可能让成千上万的人信以为真。而一件真实的事情，却无法让一个小怪人相信，除非他亲眼所见，除非他听得懂人类的语言。为了培养一个拉拉，他已经耗尽了心血，谁能使所有的小怪人都能听懂人类说话呢？只有上帝！

就在这时，小怪人的身后传出一个尖锐的怪啸，小怪人们全都捂住了耳朵，库拉却惊喜地高叫起来："拉拉！"

小怪人齐刷刷地回过头去，在那条冒着寒气的山缝前，赫然站着被他们抛弃的首领拉拉。他的装束与其他小怪人截然不同，如果不知道他的来历，甚至会有人误以为他是天外来客。小怪人们对他敬畏有加，这也是一个重要的原因。

拉拉的双手轻轻一举，小怪人们顿时变得鸦雀无声。

拉拉缓缓地走到他从前的那些下属面前，就像一位上界下凡的天神，刚才追击他的那些小怪人全都被他的气势震慑住了，没有一个人敢直视他，更别说冒犯他了。

他开口说话了。他说的是只有小怪人才能听懂的语言，库拉听不懂，但是他一边说话一边打着手势，这显然是做给库拉看到，否则这就是多此一举了。

隔着那一大群地下小怪人，库拉看到拉拉在用手势语说："我承认是我出卖了我的同伴。我请求你们对我再一次执行死刑！"

库拉大惊失色。"拉拉!别这样!这不是你干的!"

拉拉对他的喊叫充耳不闻,他卸掉头上那顶头盔,摘下两只大脚套,脱下了拉姆留给他的那件太阳能增温衣,慢慢地躺下去,消失在人群中。

"拉拉——"库拉那撕心裂肺的声音在秘道里回旋着,震荡着……

库拉突然一个箭步冲到那个"旗语兵"跟前,用手势语对他说:"快去告诉你们的首领,就说我已经找到了一条新的通道。你们可以安全地取用食品。你就说我现在急需他的帮助!快去!"

那个"旗语兵"身手极为矫健,就像一只长着翅膀的鸟儿,从小怪人的头顶一蹿而过,来到拉拉的跟前,对着他的耳朵嘀咕了一会儿。

拉拉站了起来,指着那个"旗语兵"对众人说,同时打着只有库拉才能看懂的手势:"从今以后,他就是你们新的首领。你们跟着他,就能找到吃的东西。"

说完,他转过身来,朝着库拉所在的方向送去久久的一瞥。库拉看到,在他的眼睛下方,挂着一颗晶莹的泪珠。

自从那次被执行"死刑"后,拉拉自我感觉已经与同类断绝了情感的纽带,但是当他重新回到自己的同类中间后,这才感觉到那不过是一种错觉。他永远不可能成为人类的一员,他永远属于地下小怪人这个群体。离开这个群体,他就是一滴离开大海的水,尽管他没有见过大海;离开这个群体,他就是一粒离开大漠的沙,尽管他没有见过大漠。如果让他选择最后的归宿,什么时候他只有一条路可走。

一群小怪人走过来,把拉拉高高地举过头顶,恭恭敬敬地把他送到那条冒着寒气的山缝跟前,然后把他放下,远远地退了回去。库拉和基里亚立刻意识到即将发生什么,他们像发疯一样冲向那些小怪人。小怪人们没有闪避,也不反抗,只是组成一道又一道人墙,把他俩一次又一次地拦了回去。

拉拉自己站起来,头也不回地朝着那条山缝走去。

小怪人们齐声发出一阵阵的呐喊,同时有节奏地挥舞着他们长长的双臂,好像在为他们曾经的首领送行。

库拉只觉得一阵阵天旋地转……

尾 声

随着海利克的实验获得圆满成功,各种花色的海藻食品被陆续开发出来,阿加尔塔秘道里的难民用不着再吃那味同嚼蜡的超级能量棒了,每到节假日,他们甚至可以用海藻食品做出一桌桌丰盛的宴席。平日里他们也有事情可做,整天忙着进入秘道采摘海藻,然后运出来,就像一群勤劳的工蜂。

每次进入那条秘道的入口,他们都要经过一座怪鱼雕塑,都会看到它的旁边有一个男人正襟危坐,不管来了什么人,他连眼皮都不眨一下,可是一旦进入秘道的人数超过了限额,他就会起身把怪鱼雕塑恢复原位,谁来求情都没有用。当夜深人静的时候,他就会拿出纸笔写写画画。他立志在有生之年揭开"众神之车"发动装置的奥秘。

这个人就是库拉博士。给每天进入秘道采摘海藻设定人数限额的主意是他出的,落实这个限额的特权是他从拉伍德先生那里争取来的。拉伍德先生还算给他面子。

　　完成了预定任务后,特遣队全体人员准备返回国际救援组织总部,但库拉没有走,他坚持留下来,与洛雷塔博士和拉拉做伴。他把拉拉埋葬在洛雷塔的旁边,有空的时候,他就会到他俩的墓边坐一坐,向他们倾诉最近的心情,就好像长眠地下的人能够听懂他的话似的。

　　返回佛罗里达总部前,基里亚队长特地前来与洛雷塔博士告别,他还对着拉拉的坟墓恭恭敬敬地鞠了一躬。

　　库拉找来一大块冰,用太阳能融切机在上边刻了一个大大的"31",然后把它立在拉拉的墓旁。库拉知道,"伊甸园"特别行动组的专家只能有30位,不能增也不能减,但是在他的心目中,已经有了一位最出色的候补人选。

库拉找来一大块冰,用太阳能融切机在上边刻了一个大大的"31",然后把它立在拉拉的墓旁。